克拉克森的农场3

我的猪会飞

[英国] 杰里米·克拉克森 著
胡佑铭 邓颖思 译

译林出版社

图书在版编目（CIP）数据

克拉克森的农场. 3, 我的猪会飞/（英）杰里米 · 克拉克森（Jeremy Clarkson）著；胡佑铭，邓颖思译. —南京：译林出版社，2024.7（2024.11重印）
书名原文：Diddly Squat: pigs might fly
ISBN 978-7-5753-0119-0

Ⅰ.①克… Ⅱ.①杰… ②胡… ③邓… Ⅲ.①随笔－作品集－英国－现代 Ⅳ.①I561.65

中国国家版本馆CIP数据核字（2024）第076270号

著作权合同登记号 图字：10-2024-100号

克拉克森的农场3：我的猪会飞
［英国］杰里米 · 克拉克森／著 胡佑铭 邓颖思／译

策　　划　朱雪婷
责任编辑　黄文娟
装帧设计　韦　枫
校　　对　施雨嘉
责任印制　单　莉

原文出版　Michael Joseph, 2023
出版发行　译林出版社
地　　址　南京市湖南路 1 号 A 楼
邮　　箱　yilin@yilin.com
网　　址　www.yilin.com
市场热线　025-86633278
排　　版　南京展望文化发展有限公司
印　　刷　苏州市越洋印刷有限公司
开　　本　787 毫米 × 1092 毫米　1/32
印　　张　6.25
插　　页　2
版　　次　2024 年 7 月第 1 版
印　　次　2024 年 11 月第 2 次印刷
书　　号　ISBN 978-7-5753-0119-0
定　　价　48.00 元

目 录

夏

如命根子般珍贵的绿翼兰花

我一直对那些有爱好的人心存疑虑。因为爱好会在你的灵魂上凿出一个洞，掏空你的人性。它把你变成一个沉溺于单一文化的人，让你只会说、只会做那一件事。有些人活着是为了工作，有些人工作是为了活着。而集邮爱好者的工作和生活则都是为了集邮，这就危险了。

我之所以知道这一点，是因为早在20世纪70年代初，埃索公司就推出了一种营销方案，号召顾客去收集一套足球纪念币，每买四加仑[1]汽油就能获得一枚。我那时对此非常着迷，因此常常让老爸不管去哪儿都挂三挡开车，好让他用掉更多汽油。

他当时是一名走南闯北的推销员，在蓝星加油站开了户，但唯一出售埃索牌汽油的蓝星加油站在伦敦的芬奇利路。“那个，你能去那儿加油吗？”我眼泪汪汪地问他。“这可不行，我们住在唐卡斯特[2]啊。”

1　1加仑（英制）约等于4.5升。——译注（说明：本书页下注除特别标明外均为译注。）

2　唐卡斯特，英国南约克郡的一座城市，距伦敦约3小时车程。

在我妹妹搜集到了极其罕见的基尔马诺克球队纪念币后，我认真考虑过“谋币害命”。我也考虑过和学校里那些不愿与我换币的同学动手。这就是我认为爱好很危险的原因。

不信的话，就看看高尔夫吧。某天你穿上和小熊鲁伯特同款的黄底黑格长裤[1]，出门和三两好友去打一场球。这看起来没什么危害，但迟早你会发现，自己一杆挥出，球依稀朝着正确的方向而去。然后，就没有然后了。接着，为了提高成绩，你会走火入魔，把所有的钱都花在更好的球杆上；你会不断练习，风雨无阻，独自精进，直到妻子最终离你而去。而三个月后你才会意识到这一切。

爱玩轻型飞机的人和爱上网看黄片的人也会沦落到这般下场。爱好会消耗你所有的精力。上一秒你还沐浴着美好的夏日暖阳，在泰斯特河里抓刺鱼；下一秒你就在伯明翰浑浊恶臭的运河边，形单影只，全身湿透。

1　此处借用了英国儿童连环画角色小熊鲁伯特的外形特点，它身穿红色毛衣和亮黄色格子长裤，搭配黄色围巾。小熊鲁伯特由艺术家玛丽·图泰尔创作，首次出现在1920年11月8日的《每日快报》上。该连环画在全球销量超5 000万册，成为英国儿童文化的重要标志之一。

同样的问题如今在兰花迷的身上也开始显现。事情的开头人畜无害，有人给你买了一盆漂亮的兰花当作乔迁礼物，结局却是你凌晨3点偷偷登录暗网，试图花钱雇人趁天黑去田里给你偷一种濒临灭绝的兰花。

我也希望我是在开玩笑，但近几个月一直有肯特郡和萨塞克斯郡的园丁和农场主报告说，自家的野花地上接连发生了盗窃案。他们的地里长有一种珍稀的拖鞋兰[1]，在那些兰花迷的眼里，一株的价值在2 000英镑上下。晚上，农户们想着自己地里茁壮生长的天价兰花，欣然入睡；早上醒来时却发现，地里空空荡荡，只有一个坑。

这种盗窃不仅有利可图，实施起来还很容易。与路虎揽胜[2]不同，兰花可没有转向锁和警报器。此外，如果你被抓住了（这是极不可能的），惩罚可能也不会那么严厉。没错，1981年颁布的《英国野生动植物和乡村法》第13条规定，对此类盗窃应处5 000英镑罚金和6个月监禁。

1　拖鞋兰，一般指杓兰亚科下的各种兰花。其最明显的特征就是花朵的唇瓣大多为深囊状，犹如一只小拖鞋，因而在国外有“女士拖鞋兰”的俗称。

2　路虎揽胜，路虎旗下的豪华SUV。

但这种处罚是不会发生的，因为归根结底，阁下所做的一切，不过是摘野花罢了。这么多年来，大家都这么干。

早在1956年，就有人在新森林地区的某处挖出了一株夏绶草[1]，结果这种植物现在已经灭绝了。1917年，窃贼偷走了一株拖鞋兰，这是当时人们认为仅存的最后一株。收藏家们也差点把蜥蜴兰给消灭了。他们肯定知道，因为就连我也知道，你不可能挖出一株兰花，然后指望它会在你的花园里或大厅的桌子上茁壮成长。不，别做梦了，它会死的。

维多利亚时代，收藏鸟蛋曾风靡一时，我想这就是那些爱好者的心态吧。研究人员宣布，世界上只剩下一只硬皮少斑的大渡渡鸟[2]，然后就有一群狂热的猎人蜂拥而来，每个人都不顾一切地想要杀死它。“太好了！我凭一己之力消灭了一整个物种。我了结了它，还把它的蛋煮了吃了。”

这种闹剧直到今天还在上演。有些兰花收藏家非常想要得到像基尔马诺克球队纪念币那样珍贵的兰花，为此他们会不惜一切代价。这就是为什么在约克郡，有一株非常

1　夏绶草，兰科绶草属下的一种稀有原生兰，因其花序如绶带一般而得名。
2　大渡渡鸟，一种仅见于印度洋毛里求斯岛上的不会飞的鸟，现已灭绝。

罕见的兰花被安置在一个金属笼子里，并配备了24小时监控。如果还有人能偷得了它，那可能会被拍成好莱坞电影吧。不过当然了，尼古拉斯·凯奇和梅丽尔·斯特里普主演的广受好评的电影《改编剧本》[1]已经抢先一步，把类似的故事搬上了大银幕。

我的农场里也有兰花。其中有些是非常罕见的品种。我之所以知道这一点，是因为当本地园艺协会的成员发现它们时，他们兴奋得都要尿裤子了。我担心有人会把它们偷走。

遭遇“辣手摧花”的不光是兰花。窃贼还盯上了蓝铃花[2]，并且早在2019年，诺福克郡的林地里就有总价值1 500英镑的1.3万株雪花莲[3]被盗。我的天哪，他们甚至连

1 《改编剧本》，2002年上映的美国电影，主要情节如下：女记者苏珊采访了一个因酷爱兰花、经常偷采兰花而满身官司的“采花贼”，并将此人的故事加工成传记小说《兰花窃贼》。不久，好莱坞某电影公司将这本书的改编权买了下来，并请人将其改编成电影剧本。

2 蓝铃花，西方常见的庭院植物，花朵呈紫蓝色，喜阴，分布于从西班牙西北到不列颠群岛的大西洋地区。蓝铃花在英国受保护，随意采摘、挖掘、毁坏蓝铃花是违法行为。

3 雪花莲，原产于欧洲中部及高加索地区，被引进至英国，有悠久的栽培历史，广受英国人欢迎，并被其赋予了新生、希望的寓意。在英国，一株稀有品种的雪花莲可卖出几百英镑的高价。

蕨类植物都不放过。现在我在想，要过多久小偷会来偷我的麦子呢？因为高昂的化肥成本，现在一穗麦子比一株侏儒卢旺达睡莲[1]更值钱。

不过，我最担心的是，表层土很可能成为小偷先生的下一个大目标，因为近日它被作家克莱尔·拉提农[2]形容为“神圣的存在”。

我最近住在汉普郡，开车出门的路上，周围一片郁郁葱葱，让我嫉妒不已。显然，米恩谷的土壤比我在科茨沃尔德山上的碎石地要肥沃得多。那我何不偷点呢？这违法吗？

先不说违不违法，钱肯定是不少赚的。一名熟练的操作员只需不到15分钟就能装满一卡车的土，而这车土的价值可能高达2 000英镑。算下来，一晚上我就能赚到5万英镑。

而阻止我偷土赚钱的只有一个玩意儿，那就是我的

---

1 侏儒卢旺达睡莲，睡莲中最小的品种，花朵直径约1厘米，已在野外灭绝。英国皇家植物园首次通过人工栽培使其成活。2004年，该园中一株卢旺达睡莲被盗。

2 克莱尔·拉提农（Claire Ratinon），英国有机食物爱好者、种植者及写作者。

杰西博牌伸缩臂叉车。三年前第一次使用它的时候，我心想："咦，这东西挺好玩的嘛。"然后这就变成了一种爱好。现在我和叉车的关系已经令人担忧了，因为我总是想着去做那些不必要的工作，只是为了摆弄它。要是我想着它一晚上能给我挣五万英镑，那我就永远也不会从车里出来了。

就在几天前，我为了满足自己九岁孩子般的童心，用一些底层土堆了一个没用的堤岸。此时一个邻居走过，说我在一丛绿翼兰花[1]附近操作机械，很容易危害到兰花。

我下车仔细瞧了瞧，不得不说，这丛花很不起眼。但后来有人向我指出，"兰花"（orchid）一词是由希腊语"orchis"衍生而来，意思是"睾丸"。是的，我的农场里有"绿翼睾丸"。我决定将它们"视如己出"，一生守护。

1　绿翼兰花，兰科倒距兰属的一种开花植物，通常开紫色花，分布于欧洲和中东地区。

心碎大师

我租了一头公牛。它身形魁梧得像大楼，蛋蛋大得像跳跳球[1]。它还有个霸气的名字——“心碎大师”。

我原先没打算租用公牛。为了让我的母牛怀孕，我一直以来的做法都是把它们赶进某个狭小的空间，然后用一种类似火鸡注油器[2]的工具进行人工授精。据说鲍里斯·贝克尔[3]和他那位短暂交往过的女友就是在信餐厅的保洁柜里春风一度，有了孩子。但遗憾的是，这招对我那头通身雪白的母牛小胡椒不管用。

兽医好几次把整只手臂都伸进了它的屁股里做检查，随即向我保证，它的宫颈深处摸起来没什么问题，怀孕下崽所需的“部件”一应俱全。尽管如此，养牛户蒂姆用一

1　跳跳球，一种瑜伽球大小、顶端有把手的充气橡胶球，可供人坐在上面进行跳跃运动。

2　火鸡注油器，一种厨房工具，用于将锅中的肉汁或油脂注入火鸡或其他肉类中，外形类似简易注射器。

3　鲍里斯·贝克尔（Boris Becker），德国前网球运动员。他曾与俄裔模特安格拉·厄玛克娃在伦敦一家经营日式料理的高档餐厅，即信餐厅的保洁柜里发生关系。女方怀孕后诞下一女，后向鲍里斯提起亲子诉讼，获得了约280万美元的抚养费。

根装满精液的管子注射了三次，它却像成心跟我作对似的，一直没有怀孕。

于是，我只好请公牛出马了。来都来了，我寻思它应该也能用那对毛茸茸的“跳跳球”给其余母牛配种。运气好的话，它能差不多在同一时间让所有母牛都怀上小牛。这样一来，九个月后母牛集中分娩，效率会更高。是的，正如《乡村档案》[1]的主持人亚当·亨森近日所说，牛的妊娠期和人一样。我知道他这里的“人”意指“女性”，但他主持的是英国广播公司的节目，可不能说这话。[2]

公牛上门的那天，我起了个大早。说实话，心里有些不安。我平时胆子挺大的，浴缸里的蜘蛛也敢捞。在最近一次去塞舌尔群岛的旅行中，我还游到了一条五英尺[3]长的黑鳍鲨身后，只为更好地观察它。但面对公牛，我心里七上八下。

因为公牛本质上就是蛋蛋的生命维持系统，是足足一

1 《乡村档案》，英国广播公司的一档有关英国农业及环境问题的节目。

2 近年来，英国国内有关性别认同的讨论越发激烈，英国广播公司过往的一些做法及报道招致大量批评。此后，英国广播公司面对如此棘手的话题更为谨慎，出台了一系列严格的审查规定。

3 1英尺约等于0.3米。

吨半重的、精纯而未经稀释的睾酮。我租的公牛已经四岁了，用人类的话说，它就像个毛头小子。如果它会开车，肯定是飙车狂。如果有人在酒吧瞅它，它肯定挥着拳头就冲上去干架。

在农业杂志上，经常会有农业工作者被公牛袭击或踩踏的报道。这些人可都是专业的，我呢？我可以一边以150英里[1]的时速转弯，一边看镜头录节目。但要说对付公牛，我真是一窍不通。

但我知道，在公牛到来之前，我必须在公共步道上张贴告示，警告人们邻近的田地里有一台行走的绞肉机。所以我定做了一些告示牌，上面写着："公牛出没。最好别穿红裤子。"我觉得这样含蓄地挖苦村子里那些一直给我添堵的人很有意思，[2]但专家们不同意。他们说告示中"穿红裤子"的表述不妥，穿蓝裤子的人可能会以为自己可以随意跳过围栏。

1　1英里约等于1.6千米。

2　作者在《克拉克森的农场2：我的牛又不见了》中称自己在为农场申请规划许可时受到了村子里穿红裤子的人的反对。他好用红裤子指代乡村里无所事事、生活古板、喜欢找茬的人。

因此，我定做了一些更直白的告示牌，上面写着：“前方危险。公牛出没。”但这么做也不行，因为这种表述说明我知道公牛是危险的。这下皇家律师就会在法庭上站起来，装出一副难以置信的样子说：“克拉克森先生，你是说，你明知一头牲畜很危险，却还是把它放养在步道附近的田里？”然后我就得在监狱里待上一千年。

最终我还是选了一张简简单单写着“公牛出没”的牌子。而正当我动手把它固定在围栏门上时，“心碎大师”驾到。

它的体形并不是特别大，而且它是短角牛，头上的角不像《疯狂的麦克斯》[1]中的鹿角那般巨大。但单凭感觉，你就知道它非常强壮。我看着那台我用来挡住围栏缺口，防止牛逃跑的树篱修剪机，心想：“这牛连眼都不眨就能把它挑飞。”

我不支持斗牛，我认为这种行为既无必要，也很残忍。但当我凝视着“心碎大师”那双冷漠的眼睛时，我对那些西班牙斗牛士不禁心生敬意。他们手拿红床单，全身

1 《疯狂麦克斯》，末日废土和反乌托邦风格的电影，全系列现有四部。巨型鹿角是该电影中很常见的装饰元素。

毫无防护，就敢站在一头发怒的公牛前。我可是万万不敢的。

就在我思考这个问题的时候，我养的牛从拐角处走了过来。它们几周前才生了小牛，有些还在哺乳。（顺带一提，在农场里我们不这么说。[1]）但很快，它们的步伐就变得摇曳生姿了起来。我发誓，它们还在抛媚眼呢。紧接着，比赛开始了。

那头叫“成吉思汗”的凶牛第一个冲了过来。这头母牛意识到自己远不是牛群中最漂亮的那头，便想先到先得，于是跑得狼狈不堪。这引得其他牛也跑了起来。很快，我们眼前就出现了宛如《伯南扎的牛仔》[2]的场景。

我的心一下提了起来，因为万一心碎大师去攻击其中一头小牛，怎么办？它能一下把小牛撞成两半。但是我忘

---

1 此处讽刺的是英国一些地区的国民医疗服务基金会推出的“变性者友好”政策。该政策倡导对为人父母的变性者使用弱化性别指向的词语，如鼓励使用“chestfeeding”而不是“breastfeeding”来表示哺乳。

2 《伯南扎的牛仔》，1959年播出的一部美剧，讲述了西部拓荒时期，卡特赖特一家在内华达州太浩湖畔的庞德罗萨经营牧场、建立新生活的故事。

了，和男性（或者按照英国广播公司的说法——人）不同，公牛只有在母牛发情的时候才会与其交配。这些小牛还没到年纪。

而且，心碎大师似乎也没有要交配的意思。不同于韦恩·鲁尼、莱昂纳多·迪卡普里奥[1]和我的公羊，它并没有直奔主题。它要酷，装冷淡，在自己的临时新居里嚼着草，赏着景。过了一分钟左右，有一头母牛实在春心难遏，骑上了它的背，要霸王硬上弓。母牛不断用力向前耸动，而让这一幕更加离奇的是，它两个月大的小牛就在一旁看着。

当晚，场面变得更加色情。那头尚未怀孕的白色母牛，即小胡椒独自站在一旁，这时心碎大师向它慢悠悠地走了过去。“太好了！”我心想。属于你的时刻到了，姑娘。但就在这头强壮的公牛摆好架势时，另一头母牛转过身来，朝公牛猛地喷出一股尿液。公牛对它一“溅”钟

1　韦恩·鲁尼（Wayne Rooney），英国著名球星、前英格兰男足国家队队长。莱昂纳多·迪卡普里奥（Leonardo DiCaprio），美国著名演员，主演《泰坦尼克号》《了不起的盖茨比》等电影。二人都曾因花边新闻不断、经常更换女友而饱受争议。作者曾将自己租来的两只公羊取名为韦恩和莱昂纳多。

情，在接下来的十分钟里，一直轻轻舔舐这头母牛的屁股。而小胡椒则一脸落寞地走开了。

公牛已经在农场待了四天了，到目前为止，我看到了很多前戏，真正的交配却没有发生。显然，它可能要花几个月的时间来完成全部配种工作。在那之后，它必须接受检查，看看是否在这里感染了疾病，经确认无恙后再被运送至下一个牛群。这工作真不赖啊。

当然，在那之前，我得确保它不会把我给杀了，而我已经想出了一个办法。我要拍一个新的《大世界之旅》[1]特辑，让卡莱布[2]在里面做所有牛仔做的事。

我知道那些爱在乡间闲逛的人依然有被公牛袭击的可能。不过，哎呀，比这糟糕的事情多的是呢。

---

1 《大世界之旅》(*The Grand Tour*)，一档汽车节目，由作者和詹姆斯·梅、理查德·哈蒙德共同主持。

2 卡莱布，全名卡莱布·库珀（Kaleb Cooper），作者农场所在的科茨沃尔德的本地人，年轻能干，精于务农，单纯率真。作者由于不善农事，经常需要他的指导或代劳。

要想省钱，“师傅”电联

众所周知，今年冬天英国民众的采暖费用将会是天文数字，[1]而我们英国人每月要还的房贷比瑞士的国内生产总值还高，以至于我们根本付不起这笔采暖费，因此许多时事评论者提出了一些省钱小妙招。

他们建议：你应该多穿一件毛衣，以及如果想要取暖，可以焚烧垃圾；你应该把牙齿粘起来，这样就不用把钱浪费在吃饭上；如果在不吃不喝的情况下，你还奇迹般地要上厕所，可以用一块光滑的石头擦屁股，以节省厕纸。以上这些听起来都特别可怕，让人很不舒服。不过，幸好我有一计，可让你轻轻松松省大钱：只需把所有奢侈品大牌从你的生活中剔除。

三四年前，当世界还靠着船只和飞机而四通八达，一切都很正常的时候，有天我在伦敦吃午饭。饭前有一个小时可以消磨，于是莉萨[2]提议我们去一家叫香奈儿的商店

1 自2022年2月以来，英国能源价格一路飙升。普通家庭的能源费用在2022年4月上涨了54%，在10月上涨了27%。

2 莉萨，全名莉萨·霍根（Lisa Hogan），英国模特、演员，作者的女友，在农场上主要负责农场商店的运营。

买一条连衣裙。和所有连衣裙一样，这条裙子也是棉毛混纺的，成本最多15便士。但因为贴上了“香奈儿”的标签，它就摇身一变，比布拉德福德[1]集市上卖的同款面料的裙子贵2 000倍。

那笔呢？你可以买一支售价为2 400英镑的万宝龙笔，可难道用它记东西会比用一支10便士的比克牌圆珠笔更顺手吗？手表、行李箱、鞋子、汽车、珠宝，或者任何你能在那些遍布机场候机厅和高端度假村的“名牌”店买到的东西，都不外如是。

选购家具也是一个道理。我最近建了新房子，要在大厅里放一个类似餐具柜模样的柜子。于是我跑遍了切尔西和诺丁山[2]所有时髦的地方，结果发现那里的东西卖得比大多数热带岛屿的产权还贵，而且所有商品都要等到2028年第三季度才能发货。因此，我决定买古董家具，于是我开始在科茨沃尔德的各大商店淘货。

---

1 布拉德福德，英国西约克郡的一座城市，在第一次工业革命后兴起，19世纪成为欧洲纺织业中心之一，在当时被称为“羊毛之城”。

2 切尔西，伦敦西区的一个繁华区域，文艺界人士的聚居地。诺丁山，伦敦西区的一个充满活力的新潮地区，遍布高级餐厅、咖啡馆和精品店。

天哪，这里还真有一些便宜可捡——还是古董来着，因为是18世纪制造的，所以售价低廉。然而，想找到正合心意的家具并不容易。我们在斯托小镇、奇平诺顿和马姆斯伯里[1]郊外的大型古玩展销会逛了好几周，见到的家具要么尺寸正好但有点丑，要么样子不对但很漂亮。

之后，我们听说附近村子里有个“师傅”是位老派的手艺人。这位仁兄身穿工装背带裤，但毫无违和感。[2]他平日在一间棚屋里工作，屋里堆满了他修复的桌子和翻新的椅子。是的，他可以给我们做一个餐具柜，正好能填满我家厕所门和厨房门之间12英尺长的空当。

现在他如约交货了。这是我见过的做工最精美的东西之一。柜子用巴西玫瑰木[3]打造，周身点缀着细木镶嵌[4]，柜

---

1 斯托小镇，英国格洛斯特郡科茨沃尔德地区的一个小镇，坐落于一座小山的山顶上。奇平诺顿，坐落于英国牛津郡西部地区的科茨沃尔德丘陵间，作者的农场就在这附近。马姆斯伯里，英国威尔特郡的一个小镇。

2 欧美有些人认为工装背带裤是男同性恋者和女性的着装，不适合成年男性。

3 巴西玫瑰木，学名巴西黑黄檀，俗称巴西黑酸枝，仅生长于巴西东南部的森林，是地球上最濒危的树种之一，极其昂贵。

4 细木镶嵌（marquetry），西方一种历史悠久的木工装饰技艺，指将薄木片有序镶嵌于家具、首饰盒等木制品的平整表面，形成装饰性的图案。

腿线条比超模艾拉·麦克弗森[1]的美腿更迷人，还装有可爱的狮子头把手。那它要多少钱呢？在这里直说会比较唐突，不过它远比你在伦敦能找到的任何现代家具便宜。

受此鼓舞，我们在赛伦塞斯特[2]找到了另一位“师傅”。只需花费设计师品牌家具售价的零头，他就能给我们做一张沙发，大小正好能放进我们新的电视房。沙发材质任君选择。只要我们敢想，沙发用红尾鵟[3]的羽毛来填充都没问题。我对成品非常满意，现在我又请他为客厅再做一张沙发。他用没药制作，里面塞了一袋柔软的天使的体毛。[4]但是价格特别便宜，到时我用车门储物槽里的零钱就能付清货款。

搞定沙发，接下来就是墙纸。现有品牌的墙纸让人

---

1 艾拉·麦克弗森（Elle Macpherson），澳大利亚超模、演员，活跃于20世纪八九十年代，在时尚界以身材姣好著称。

2 赛伦塞斯特，英国格洛斯特郡科茨沃尔德地区的一个城镇。

3 红尾鵟，一种中等体形的猛禽，广泛分布于北美大陆。红尾鵟在北美印第安土著文化中常被用作标志和象征，各种宗教仪式常会用到其羽毛。

4 没药，地丁树或哈丁树树脂，有着特殊的香气，价格高昂。西方有使用没药制作香料和入药的悠久历史。在《圣经》中，没药是东方三哲带给初生基督的礼物之一。天使通常被认为是纯洁无瑕的，所谓天使的体毛属作者假想之物。这两种东西显然都不能用来做沙发，作者在此指代他不认识的精美材料。

眼花缭乱，以至于普通夫妇根本不可能对任何一款达成一致。但令人惊讶的是，莉萨和我一致认为，楼下的厕所应该贴上有立体纹样的黑色绒面墙纸。可打定主意后，我们面对的选择也有数百万种，这导致我和她多次大吵，摔门而散。我俩分床了大约一个月，还总是在照片墙[1]上拉黑对方。

于是我们决定放弃买品牌墙纸，转而让一位来自中世纪的“师傅”做手绘壁纸。我不记得他住在哪里了，某个还相信地脉[2]存在的地方吧。是萨默塞特郡吗，还是威尔特郡[3]来着？

无所谓了，反正他手脚不算太麻利，干活儿时也不让我们看。这就是村里师傅们的做事风格。他们是手艺人，不是商人。并且在他们眼里，顾客不仅是错的，还是该死的麻烦精。

1　照片墙（Instagram），欧美流行的一款可以分享照片、视频的社交媒体软件。

2　一些神秘学爱好者相信，很多史前遗址、古代神庙及古商道都是沿着“地球能量线”修建的。这一假想的“线”被称为“地脉”，甚至被认为可以为外星飞船指路。

3　萨默塞特郡和威尔特郡都位于英国西南部，相比于英国东南部和伦敦，这一地区较为落后。

不过，经过六个月的等待，他终于为我们卧室的衣柜画好了几块柜门。每天早上，我们都忍不住盯着它们看上一个小时。柜门上绘有鲜花和鸣禽，妙不可言。而这件作品——别忘了，它还是独一无二的——比从奥斯本立托[1]买现成的墙纸还要便宜。

“村头师傅”省钱法还有另一个好处。如果你账户里有存款，在接下来的几个月里，你能看到的就是这些存款在通货膨胀的影响下不断贬值。最终，你甚至连一块银宝牌黄油[2]都买不起。

然而，如果你买了赏心悦目的东西，在存款贬值的今天，你就可以看看它聊以自慰。当然了，你会又饿又冷，但你身边都是能给你带来快乐的东西，这总比又饿又冷，身边又什么都没有要强。可如果你买的是一块杜嘉班纳[3]手表，那你就快乐不起来了。

1　奥斯本立托，英国一家高档墙纸和织物的生产商、零售商。

2　银宝牌黄油，英国超市常见的一种黄油。2022年，受通货膨胀影响，英国食品价格普遍上涨，银宝牌黄油也不例外。

3　杜嘉班纳，意大利奢侈品品牌。

秋

太阳的三次递能

水务公司现在出了点状况。看来他们之所以放任我们的饮用水白白流进地里，是因为他们正忙着一边往风景如画、有鳟鱼栖息的小溪里灌粪，一边给南海岸的每位冲浪者都裹上一层厚厚的人类排泄物。

全国的海滩帅哥、野泳爱好者和渔夫对这种事态自然不甚满意。于是他们四处奔走，宣称水务公司的老板们应该把自己的数十亿年薪还给民众，接着还在市中心举行裸体游行，路人们一边朝他们扔菜叶，一边大骂他们“丢人现眼”。

但我倒是觉得，不应该这么草率地评判这些游行者。小时候我经常在斯韦尔代尔度假，那时我试着在斯韦特河筑坝，想要挡住水流。结果我发现，门儿都没有。水就像铁路工会一样不听话。你刚堵上一个缺口，它马上就能找到另一个。如果它觉得你的水坝快要成形了，它就干脆安排一场山洪，瞬间把小河变成泥泞的湍流，裹挟着树干和巨石，一路咆哮肆虐；用不了多久，你在河道留下的每一丝痕迹都会消失得无影无踪。

水就是“终结者”[1]。它绝不会停下。所以，认为一帮商人开几次会，用一份PPT和几块会议茶点就能控制和引导水，这种想法着实可笑。这些商人也许能在大多数时候把水管理得很好，但有时“‘水’瓦辛格”会打他们个措手不及。要不了多久，就会有大量粪水涌入海洋，接着你就能看到一个冲浪者在新闻采访里说：“我头发里缠了根卫生棉条。”

我完全不知道水务公司是如何管理污水的，也想不通他们怎么会招得到人。因为我宁愿做任何工作——甚至倚门卖笑——也不愿意在约瑟夫·巴扎尔杰特[2]设计建造的石砌下水道里工作，负责凿开大块大块油乎乎的污物。我也完全不能理解为什么下水道系统时不时就出故障。但可以肯定的是，出现故障的根本原因不在于鲍里斯·约翰逊[3]、气候变化、英国脱欧或者其他时兴的左翼说辞，而是这个国家一天要产生大约7 000万吨粪便——实在是太多了。

1　终结者，科幻动作电影《终结者》中的经典角色，由阿诺德·施瓦辛格（Arnold Schwarzenegger）扮演，是一个没有情绪的高效杀人机器，刀枪不入，外表与人类一模一样。

2　约瑟夫·巴扎尔杰特（Joseph Bazalgette），伦敦首个现代互联污水管网和污水处理系统的设计者、建造者。

3　鲍里斯·约翰逊（Boris Johnson），2019—2022年任英国首相。

这可能就是今早卡莱布走进农场办公室时蹦蹦跳跳的原因。他宣布他刚刚和水环纯水务公司达成协议，要从他们那里购买一些粪便用作肥料。他非常兴奋，说花的钱只是购买牲畜粪肥费用的十分之一，是农场化肥成本的千分之一。

我快速地做了一番研究，发现联合国的数据显示，全世界80%的“废水”都被排进了大海。这就引发了一个问题：与其污染海洋，伤害海里的海龟宝宝，为什么不把我们排出的废物用作肥料呢？

这又引出了一个很有意思的点：如果你知道食物在种植过程中被施了人粪肥，你还会购买吗？或者，说得更准确一些，当你意识到自己买的有机蔬菜是从某些国家进口的，吃了它就等于吃下张三李四的屁屁时，你会作何感想？

是的，在过去，人们会用人类排泄物作肥料，未来世界里的马特·达蒙[1]在火星上也如法炮制。与此同时，在

1 马特·达蒙（Matt Damon），美国演员，在电影《火星救援》中饰演宇航员马克·沃特尼。在一次火星任务中，马克因意外与队友失散，独自一人被留在了火星上。为了在救援到来前活下去，他用自己和队友的粪便堆肥，在火星上种土豆为食。

今天的某国，面对严重的化肥短缺，政府要求每家每户生产200千克粪便，除非家中有一人在国营工厂工作，那样的话一家要生产500千克粪便——他们称其为“夜香”（night soil）。

收集好以后，这些粪便会被用来给农田施肥。这没问题，只不过近日有一名叛逃的士兵经检查发现，自己体内全是寄生虫，其中一些寄生虫的长度超过了10英寸[1]。

我还有其他顾虑。人类会吃植物，而植物“吃”阳光，这就意味着植物和太阳之间发生了一次能量传递。我们还吃食草动物，因为它们和太阳之间发生了“二次递能”。然而我们不吃食肉动物，因为它们和太阳之间进行了“三次递能”，通常是健康饮食的大忌。所以，如果我吃的植物是用肉食者的粪肥种出来的，我会有何感受呢？应该会和我吃用狗粪种出来的食物感受相同吧。忐忑。

在英国，我们不用“夜香”这个词。我们给人粪肥起了一个不那么邪恶的名字——蛋糕（cake）。并且“蛋糕”指的不是未经处理的排泄物，而是经过处理、调配和巴氏

1　1英寸约等于2.5厘米。

消毒的人粪肥。售卖时可能还添加了薰衣草香精，让它散发出迷人的清香，好闻到你不知该把它放进窗台上的花盆，还是你的内裤抽屉。

人粪肥的生产商们自然对它的好处津津乐道。人类排泄物富含钾和氮，磷的含量尤其高。据说，如果能将人类排泄物中的磷有效地收集起来，其总量之多可以满足全球磷肥总需求量的22%。这让狂热的环保主义者们激动地上蹿下跳。

我也承认，人粪肥有很大的吸引力，因为不用采矿，也无须依靠俄罗斯和中国的巨型化工厂，我们就能用取之不尽的排泄物创造出更多的排泄物。

当然，也存在一些问题，因为人类排泄物含有一些不能被施撒在田里的重金属，更别说我们还吃了那么多药呢。过滤工序可以去除一些药用人工合成激素，但有人担心会有一定量的激素成为漏网之鱼，导致雌性牲畜和鱼类不孕不育。再说了，没人想看一头牛嗑药嗑上头。

完善法规和建立试行区对降低在英国使用人粪肥的风险已经起效，可即便是在严格执行规范的英国，水务公司偶尔也会犯错，所以我们必须假设那帮只知道看PPT、吃饼干的人粪肥生产商也是如此。

至于那帮外国佬，他们爱写多少条规定就写多少条，只要别实施就行。

我极少对一件事持观望态度，但这回我保持中立。我能看到使用人粪肥的好处：可能会减少排入大海的污水；肯定能降低对化工巨头生产的人工肥料的依赖。

但屁屁真是让我心里硌硬得慌。我不敢碰脏尿布，每次给狗捡屎都忍不住干呕。因此，一想到明知食物里有人类排泄物还要吃，我就恶心得不行。

或许告诉自己，这些排泄物来自一位“和太阳发生二次递能”的素食者，我心里能好受点，不过我看悬。

又或许我该找演员莎拉·迈尔斯[1]聊聊，让她给我点信心。她今年80岁高龄了，但皮肤依旧光洁无瑕，看上去只有40岁，并且她至今还笔耕不辍，坚持工作。而她在成年后的大部分时间里都在喝自己的尿。

1　莎拉·迈尔斯（Sarah Miles），英国演员，代表作有电影《放大》《雷恩的女儿》等。

人间天堂

在伦敦伯爵宫[1]举办的车展一向是我一年中的重头戏。父亲和我会住在车展附近巴克斯顿花园的酒店，再到锡耶纳赛马节餐馆吃小八爪鱼。这是一家做意大利菜的小餐馆，大厨每天晚上都要闹罢工，店里的胡椒瓶跟阿波罗号登月火箭一样大。

对于一个来自唐卡斯特的小屁孩来说，这种伦敦生活充满了异国风情，好比朱莉·克里斯蒂[2]身处圣彼得堡冰宫[3]。不过它再迷人，比起车展本身，也黯然失色。车展是一个由金属构建的王国，是一篇献给内燃机的颂词，也是一座大教堂，供奉着我生命中所有重要的东西。

---

1 伯爵宫，伦敦著名赛事、展览场地，2012年伦敦奥运会排球馆的所在。

2 朱莉·克里斯蒂（Julie Christie），英国著名演员，获得奥斯卡金像奖、金球奖等多项大奖，代表作有电影《日瓦戈医生》《花村》《亲爱的》等。

3 此处指的是朱莉·克里斯蒂出演的《日瓦戈医生》中的场景。该片的大部分场景在西班牙搭景拍摄。其中，宏伟的“冰宫”置景搭建于西班牙的盛夏，用数千吨的大理石粉和蜂蜡模拟出西伯利亚的冰天雪地。

当时，许多人都在谈论那些在阳光虎和路特斯埃朗[1]引擎盖上嬉戏的半裸女孩，我爸爸可能也被美色晃了神。但彼时的我忙着收集宣传册，好拿回家做贴画，装饰我的卧室墙面。除了宣传册，我带回家的还有贴纸，以及回忆。

沃尔沃的一名工作人员还真的让我坐进了一辆1800ES的驾驶座，结果我头回发现，自己裤裆里的那玩意儿还有另一个用处。接着，标致公司的一名工作人员向大家展示标致604的电动车窗——此举可谓惊世骇俗，想当年唐卡斯特都还没通电呢。不仅如此，唐卡斯特还没有八爪鱼，没有胡椒，有的只是煤。

我对车展的热爱在我职业生涯早期也得到了延续。那时，我每年1月都会到底特律，面对美国佬鼓捣出来的荒唐新车目瞪口呆、忍俊不禁；接着，在早春时节，我转战日内瓦，一睹斯巴罗[2]、布加迪以及现实中永远遇不到的各

1 阳光虎（Sunbeam Tiger）是英国鲁茨集团旗下的阳光牌阿尔派双门敞篷跑车（Sunbeam Alpine）的高性能V8款，生产于1964—1967年。路特斯埃朗（Lotus Elan）是路特斯汽车公司旗下的一款双门敞篷运动轿跑，生产于1962—1995年。

2 斯巴罗，瑞士一家设计制造高性能跑车的小型车企，由佛朗哥·斯巴罗（Franco Sbarro）于1971年创立。

种神车的风采。

当然，时至今日，车展已经不流行了，我怀疑主要是因为电动汽车根本就算不上真正的汽车。它们是电器，和烤面包机差不多。谁会想去看烤面包机展啊？

反正，我肯定是不会去的。我更喜欢像古德伍德速度节和银石经典赛车节[1]这样的活动，在那里你能看到真正的汽车在恪守本分——把汽油变成噪音、烟雾和速度的三位一体。

不过，在所有的展览里，我最喜欢的还是每年9月第一个周六举办的莫顿因马什[2]马匹农业展。

这是全国最大的单日展览之一。展会上虽然有汽车的身影，但每一辆都既爷们又皮实，专为膀大腰圆的糙汉设计。那些人只关心零件是否便宜，车后能载多少货以及最大拖曳能力是多少。展会上还有拖拉机、有机肥抛撒机、猪、四角羊[3]，甚至还有卖狗零食和实用服装的摊位。

1 古德伍德速度节和银石经典赛车节都是英国汽车界一年一度的盛事，前者举办于英国西萨塞克斯郡的小镇古德伍德，后者举办于伦敦以北约100公里处的银石赛道。

2 莫顿因马什，英国格洛斯特郡东北部科茨沃尔德地区的一座城镇。

3 四角羊，指雅各布羊，花斑毛色，长有四角。17世纪中期，英国将该品种作为家畜饲养培育，过去常将其作为观赏羊放养在公园或私人庄园，现在主要对其进行经济性养殖。

这个农业展现在成了我最爱的展览，我不想错过任何一个展品。可我是从一顶大帐篷的后门入场的，帐篷里全是山羊。我一下子便被它们的可爱俘获了，在那儿一待就是好几个小时，跟山羊迷们从羊奶聊到奶酪，再聊到一群山羊如何在不到一小时的时间里就吃光六英亩[1]野生树莓。我还发现，不到十英镑就能买下一只公山羊。我意识到，比起买一辆宝马3.0 CSL[2]，我更想买几只公山羊。随后，我走到了一个人头攒动的围栏前，这才知道我应该跟他们站在一块，而不是和评选牲畜的评委们一起在羊堆里闲逛。

我尴尬地退了回去，很快找到了卡莱布。他有他自己的展台——和法拉利在1988年日内瓦车展上的展台不能说是一模一样，只能说是毫不相干。一块防水布往栅栏柱上一盖，几捆稻草往地上一堆，展台就算搭建好了。里头挤满了穿着格子衬衫的大老爷们儿，排着队要租他的开沟犁。

在展会的零售区，所有东西都是由羊毛、羊皮、粗花

1　1英亩约等于0.4公顷。

2　宝马3.0CSL，宝马M系于2022年为庆祝该车系品牌诞生50周年而推出的高性能限量款车型，直到2023年6月才在古德伍德速度节首次亮相。

呢和皮革制成的。后来，在我停下来小酌一杯之时，一架兰开斯特轰炸机从我的头顶呼啸而过，它强大的梅林发动机[1]震颤着所有人的神经。突然间，我觉得我可能身处一个《复制娇妻》[2]版的“脱欧天堂”。

整个活动跟16世纪的冰岛婚礼一样“多元化”，而且你能非常真切地感觉到，在场的每个人都没有什么性别认同上的困扰。我在展会上没看到手工制作的面包和杏仁奶，也没听到有人对我说，他们回头再和我“联络”。

那么，作为一个一直喜爱欧洲咖啡馆文化和伦敦浮夸餐厅的人，作为一个依旧反对脱欧的人，我应该感到痛苦才对。可我并没有。我想，当国家滑向毁灭的深渊时，如果你也能接受莫顿农业展所体现的精神，追求莫里斯旅行

---

1 梅林发动机，英国劳斯莱斯公司在二战期间生产的一种高性能航空发动机，曾被广泛用于英国皇家空军的战斗机。

2 《复制娇妻》，2002年上映的科幻电影。乔安娜在与丈夫搬到高级住宅区斯戴弗之后，发现邻居太太们每天都任劳任怨地操持家务，对丈夫言听计从，堪称完美娇妻。可经过调查发现，原来这些完美太太都被有钱的男人改造，变成了机器人，家庭幸福美满的背后，其实是程序在操控一切。

者[1]那样的务实和质朴，你会更快乐。

想想看，你担心你的生活用水被污染，但莫顿人不会，因为他们用的是泉水。你还会担心，自己很快就要买不起每天清晨的脱脂拿铁了，但只要你能一袋茶包喝一个月，这也就没什么大不了。

另外，如果你整日混迹于大小派对，周围全是身着奇装异服、喝着马提尼[2]的人，你就会被一种要时刻跟上潮流的欲望吞噬。但如果你遇见的每个人都拿捆扎货物用的绳子当裤腰带，那么你就不会这么焦虑了。

食物也是如此。你已经习惯了每天在吃什么上有得选，你害怕失去这种奢侈。何必呢？在过去的两周里，我每晚都吃黑莓和西葫芦，因为花园里成熟了的东西就只有这两种。不久后我就可以吃芜菁和牛肉，而到了春天我会吃羊肉。如今的我应季而食。

移民吗？不知道你在说什么。看医生？我不用担心，

1　莫里斯旅行者（Morris Traveller），1953年问世的旅行轿车，历史上销量超百万，以其独特的设计和极高的实用性闻名。

2　马提尼，西方流行的一种鸡尾酒，用杜松子酒和苦艾酒调制而成，常加入橄榄或柠檬皮。

因为树林里有包治百病的草药。能源问题？当然了，你要是靠燃气取暖，费用就会高得吓人，但莫顿人可以选择砍树暖身，累了就把木头拿去烧。我当然知道这是违法的，但这事就跟在高速公路上把车开到时速80英里一样，大家时不时都会这么干。

自打三年前开始务农，我的整个人生观都发生了改变。我宁愿天一亮就起床，也不愿天亮了才睡觉。如今，我不再对胡佛水坝[1]这样的宏伟造物感兴趣，而是被树叶的四季变化、木头燃烧的味道和一群黄鹀所吸引。

年龄当然是一部分原因。但在我意识到，面对糟糕的天气，面对大陆另一端发生的事件影响着粮食价格的现实，自己都无能为力之后，我变得更有耐心，更加平静。

而这正是车展和莫顿农业展的区别所在。前者在方方面面驱使着你努力向前冲，排除万难，用尽手段；后者则让你意识到，原来在露珠吻过的秋日田野里发现的一朵蘑菇，并不会向你索取一分一毫。

---

1 胡佛水坝，美国境内最大的水坝，建于科罗拉多河上，坝高220米，底宽200米，顶宽14米，堤长377米，以美国第31任总统赫伯特·克拉克·胡佛的名字命名。

观鸟人之叹

对英国的报刊专栏作家来说，眼下处处是素材。这边特拉斯[1]和拜登你方唱罢我登场，那边一群好似塔克文[2]的激进素食主义者，上周把成箱的牛奶倒在了福南梅森百货的地毯上。还有一帮愚蠢的环保疯子，不是把自己吊在桥边，就是朝名画泼汤水，或是把自己粘在马路上。而警察对此却袖手旁观，只是干站在那儿，站得胡子都长了。

说真的，我觉得自己仿佛是电影《不列颠之战》[3]里的克里斯托弗·普卢默，发现了一支无人掩护的德军轰炸机中队正在飞越北海。我想释放手上这台梅林发动机[4]的强大动力，驾驶着战斗机投入战斗，并在无线电上对罗

---

1 伊丽莎白·特拉斯（Elizabeth Truss），2022年9月6日至2022年10月25日任英国首相。

2 塔克文（？—公元前496年），罗马王政时代最后一位君主，在西方历史中常被刻画成暴君、独裁者的形象。

3 《不列颠之战》，1969年上映的战争电影，讲述二战中期，孤立无援的英国空军靠着有限的战斗机和灵活的战术，战胜德军数量庞大的轰炸机群的故事。加拿大演员克里斯托弗·普卢默（Christopher Plummer）在影片中饰演英国空军中队长科林·哈维。

4 不列颠空战中，搭载了梅林液冷式V12发动机的超级马林“喷火”战斗机和飓风战斗机是英国空军制胜的关键。

德·利德尔[1]和卡米拉·朗[2]说："兄弟们，看你们自己的了。我这一去，你们以后可就没有战斗机护航了。"

就在我纠结先拿哪架巨大又笨重的轰炸机开刀时，我注意到下方的山谷中，有一群海鸥正跟着一辆拖拉机穿过田野。我突然意识到，此时此刻，这或许才是天底下最重大的事件。因为——延续之前《不列颠之战》的设定——眼前这看似无害的景象就好比一架德国梅塞施米特战机埋伏在阳光下，伺机而动。没人发现这致命的问题，而等到发现时可能也已经晚了。

每天乘坐约翰·诺克斯[3]当初捐给海上救援队的那种小艇，越过英吉利海峡，入境英国的人是不是太多了？当下很多人正在认真思考这个问题。一些人担心入境者的动机，另一些人则发愁他们到英国后到底要在哪里住下。

然而，还有另一个"移民"问题——更大也更严重，

1 罗德·利德尔（Rod Liddle），英国记者，曾制作一档名为《移民是一颗定时炸弹》的电视节目。

2 卡米拉·朗（Camilla Long），英国报纸专栏作家，因其辛辣出格的言论和文章饱受争议，被指有种族歧视的倾向。

3 约翰·诺克斯（John Noakes），英国著名电视节目主持人，在20世纪六七十年代主持过家喻户晓的儿童电视节目《蓝色彼得》。该节目曾发起捐物筹款活动，所得善款用于为皇家全国救生艇协会购买救生艇。

尤其是对海鹦来说。

我们都记得新冠疫情。短短几周，世界上的每一个国家都停摆了，经济瘫痪，数百万人死亡。

但还有另一种病毒，它不用坐飞机，只需待在宿主体内就能环游世界。它就是禽流感病毒。每到这个时节，就有数百万只鹅、天鹅、田鸫、短耳鸮和琵嘴鸭来到英国，取代夏末飞走的燕子、雨燕和莺。这意味着蓝天之上有一条永不停歇的传送带，传送着不断迁徙的疾病、痛苦和瘟疫。而这一危机的严重程度达到了有史以来的最高点。

一些孤陋寡闻的人说，这是气候变化导致的。另一些人则把它怪到捕猎野鸡的富人头上。不论哪种说法，你对此都无动于衷，因为禽流感对人类来说并不是什么大问题，除非病毒变异，或是一只病死的鸟掉在你的头上。目前全世界仅有865人感染了这种病毒，尽管其中半数的确死亡了，但是其他一些人和感染衣原体差不多，没有出现什么症状。

当然了，你已经听说禽流感正在全国的家禽养殖户间引发混乱，不过你还是不感兴趣，因为受感染家禽下的蛋是可以安全食用的，所以你仍不受影响。也许你会发现今年圣诞节很难买到火鸡，不过这依旧没什么大不了的。你可以转而吃牛肉嘛，边吃边忙着操心下任首相和那帮睡吊床的激进环保主义者。

不过，现在你可要坐稳了，因为死于最近一次甲型H5N1流感暴发的鸟类数量会吓得你头晕目眩。该病毒于八年前首次在一家养鹅场中被发现，如今它无处不在。

佛罗里达的一家动物收容所里已有99%的禽类死亡。到目前为止，美国死于禽流感的母鸡总数已达4 100万。而病毒的迁移仍在继续。

官方数据显示，单单今年夏天，曼岛[1]就有一只游隼和200只海鸟死于禽流感。岛上专爱珍禽的观鸟者们说实际数字要高得多，还提到腐烂的死鸟覆盖了海滩。康沃尔郡的官员表示，自8月份以来，他们已经收集了394具鸟尸。在牛津郡这边，我以前通常一天能看到五六只红鸢，偶尔还有几只欧亚鵟。但是我好几个月没见到它们了。这很可怕。

不过，情况最严重的要属苏格兰及其周边地区。在那

1 曼岛，英格兰与爱尔兰间的岛屿，属于不列颠群岛，是英国王权属地。

里，成千上万只燕鸥、塘鹅和海雀死亡。科学家们指出，一些岛上的大贼鸥数量已经下降了85%。另外，由于海鸟需要数年时间才能找到配偶并繁殖后代，人们担心许多物种可能会就此彻底灭绝。

而且，它们的灭绝之路不会好走。我们人类感染禽流感后，也许不会有很多症状，但鸟类会——头部肿大，眼睛过度流泪，失去平衡（这在500英尺的高空可不是好事），还有颤抖、肿胀、出血、粪便变色。这种死法也太惨了。

我不禁悲从中来。我知道我是个怪胎，但我能花好几个小时看塘鹅扑入海中捕鱼。近几年我一直把塞舌尔群岛选为我的度假之地，因为我喜欢整天待在树上，看着白得快半透明的眼斑燕鸥哺育它们的幼崽，这些幼崽一出生就仿佛穿了长筒雨靴。[1]

随着我步入老年，我开始期待能整日坐在摇椅上，看着田�和凤头麦鸡飞来飞去。但在我看来，到那时剩下的就只有鸽子了，它们出于某种原因对禽流感是免疫的。可

1　眼斑燕鸥羽色以白为主，喙与腿皆为橙黄色。

能因为它们不是鸟，只是“长着翅膀的老鼠”[1]吧。更糟糕的是，到那时我可能连摇椅都买不起。

我想要相信有关部门已经制订了改善计划。然而，我刚刚啃完一份关于这个问题的长篇官方报告，通篇只是在强调保护海鸟乃政府的首要任务。不知为何，我对此深表怀疑。

---

1 “长着翅膀的老鼠”是英国人对鸽子的蔑称。人们认为城市中的鸽子又脏又爱捣乱，还随处排泄，携带了大量细菌。

戴维·卡梅伦[1]杀了我的拖拉机

1　戴维·卡梅伦（David Cameron），英国保守党政治家，第53任首相，2023年11月13日被任命为外交大臣。

我的拖拉机炸缸了。住在邻村的一位老兄打电话来，说想借我的拖拉机给他家围场割草。我不会透露他的姓名，只能说他的名字开头是个“戴”字，结尾是“维·卡梅伦”。但这不重要，重要的是他借了我的拖拉机，然后它就炸缸了。

我知道，现如今有人说他的电脑“炸了”，其实是说电脑死机了。另外，要是有人说他的车“炸了”，他不是指那辆车在A303公路上变成了一个火球。他的意思只是车子震了震，停在了半道——可能是因为没油了。

汽车很少会炸，电脑则从来不会。但我的拖拉机炸了。出人意料的是，炸的不是那辆兰博基尼，而是那辆老麦赛福格森。一个晴朗的周六早晨，我的邻居到我家找我借拖拉机，然后开着它，沿着我家车道上了路。那天他穿得像一名假装不懂农事的政客，上身穿着Polo衫，耳上戴着防护罩，头顶“剃刀党”[1]同款报童帽，脚蹬一双黑色长筒雨靴。

1 剃刀党（Peaky Blinders），19世纪末到1910年代活跃在英国伯明翰的一个黑帮团伙，从事抢劫、敲诈勒索、非法赌博等勾当。其成（转下页）

结果刚开出200码[1]左右，“砰”的一声，一朵乌克兰大小的蘑菇云出现在空中。汽油喷溅到四周的黑莓丛，几分钟后才传来残片落地的声音。我当场吓得目瞪口呆，因为一开始我以为他被热追踪导弹击中了。

进一步的调查显示，拖拉机发动机缸体两侧各穿了一个直径3英寸的孔。他当然声称自己啥也没干，只是在路上开着开着，拖拉机就无缘无故地“动脉瘤”破裂，在滚滚黑烟中趴窝了。

其实这事让我挺难过的，那台小小的红色“麦赛”1961年出厂，只比我小一岁。自那时起，它每天轰隆轰隆地行驶在田间地头，哺育、塑造并壮大了这片王土的支柱产业——农业。从古巴导弹危机，到美国深陷越南战争，到登月计划、伍德斯托克音乐节[2]，再到水门事件、朋

（接上页）员大多身穿定制西装、翻领大衣、马甲，头戴报童帽。据传他们会把剃刀缝在帽檐里，当作武器，因此得名“剃刀党”，但也有人认为这是误传。英国广播公司曾以剃刀党为原型，出品了历史犯罪电视剧《浴血黑帮》。

1　1码约等于0.9米。

2　伍德斯托克音乐节，在美国纽约州北部城镇伍德斯托克附近举办的音乐节活动。第一届于1969年8月15日举办，当时吸引了超过46万名观众，是史上规模最大的音乐节之一，后成为20世纪60年代反主流文化的象征。

克摇滚、披头士乐队，它一直都在那儿。这头任劳任怨的“老黄牛”，这台将内燃机、钢铁与汗水融为一体的简单造物，亲眼见证了我们加入欧洲共同市场，最后却在那个促成我们脱欧的人[1]手中死去。

然而，因为这台拖拉机是我买来送给莉萨的圣诞节礼物，而且我是个多愁善感的老头，所以我不能就这么让它报废。我得让它死而复生。我得花大价钱，找个技术高超的“汽修医生”，给它做个心脏移植手术。

我那辆17岁高龄的路虎揽胜也遇到了类似的问题。前段时间，车上的两台涡轮增压器都“炸了”，换新的费用远超整车的价值。但把它送去废车场熔成锅碗瓢盆，又太令人心碎。这就像要给你的狗安乐死，因为治疗断腿比当初买它还贵。

我当然买得起最新款的路虎揽胜。我也试驾过了，那真是一辆好车。但我得等上17年，它才能和我建立起深厚的感情，成为“我的”车。在那之前，它只会是个代步工具。

但我怀疑真正的农民不会这么想，我也明白为什么。

1　戴维·卡梅伦于2016年发起全民公投，以表决英国是否要脱离欧盟。反对脱欧的他在脱欧票占多数后宣布辞去首相职务。

如果你不主持有奖问答节目，[1]也不写报纸专栏，在这种偏远农村生活的你，财务状况会极其不稳定，因此感受要为现实让路。你不能对一只动物有恻隐之心，当然也不能为一台机器感怀伤神。如果修理要花钱，那就扔了吧。

这么说来，我也不得不放弃那台兰博基尼拖拉机。

我心里很清楚，当我在《克拉克森的农场》节目中宣布，我豪掷四万英镑买了台兰博基尼后，很多生活在大都市里的时事评论家都觉得我在臭显摆。可但凡你对拖拉机略有了解，就知道一台动力如此强劲的机器只卖四万英镑，就跟白送一样。一台普通的、全新的拖拉机，售价至少是它的两倍。一台动力和我的兰博基尼差不多的现成的芬特牌拖拉机则要卖到25万英镑左右。

我之所以知道这些行情，是因为卡莱布一直在我耳边念叨。每天早上来农场，他不是带着一本拖拉机广告册给我看，就是讲一条他听说的交易信息给我听。他迫切地想让我换掉那台兰博基尼，他说那台拖拉机是“狗屎”、太大了；最近几周，他又说它“不在状态”。

1　作者是英国著名有奖问答节目《谁想成为百万富翁》的主持人。

其实，自打三年前我买下它，它一直没出过什么故障。但到了今年夏天，我开始注意到刹车踏板变得有点软，然后它就变得特别软了。再然后，刹车软到我得把拖车挂在拖拉机后边，用拖车的刹车来减速。

后来有一天，卡莱布发现，他的好几台拖拉机都举不动自己新买的圆盘耙。于是趁我不注意，他绕到另一边，卸下兰博基尼上的拖车，挂上自己的设备，沿着车道出发了。

想象一下，当他开到车道尽头却刹不了车时，他得有多惊讶。紧急跳车后的他刚从路边树篱里脱身，就相当坚决地命令我，赶紧在本地经销商那里给这台拖拉机预约一次维修服务。尽管我两周前就把拖拉机送过去了，但它到现在也还没修好。一个农场里没了拖拉机——甚至连一台小型拖拉机都没有，因为前首相把它搞爆炸了——就好比餐馆里没有炉子，不太运转得起来。

然而，很快我的农场就更运转不起来了，因为我听说兰博基尼的离合器快不行了，换新需要把整台拖拉机拆成两半。我无法想象他们能在20分钟内完成。

当时，我脑中的每一丝理智都在告诉我，应该把它卖了，然后买一台能用的回来。但我做不到。因为我的不足道农场与那台拖拉机密不可分。农场没了它，就像齐柏林飞艇乐队[1]没了鼓手，从此失去了灵魂，只好解散。

卡莱布说，也许我可以把兰博基尼留着当个装饰，但地方议会肯定不会同意的。曾经，我将一架“闪电”战斗机[2]停在自家草坪上，并试图说服他们那是台吹叶机，但他们一个字也不信。所以，我要是把兰博基尼改成喷泉或者别的什么，他们肯定会勒令我把它扔掉。

因此，我要留着它。而不久之后，我的农场就会像我的衣柜一样，塞满了我现在穿不下，以后也永远穿不下的衬衫，挂满了到处是破洞的外套。但我不忍心将这些衣服送去慈善商店，因为每一件都能让我回忆起自己做过的事、去过的地方和弄洒过的咖喱。

人生于世，都在努力为自己创造更好的生活，这意味着我们都会被闪闪发亮的新东西诱惑。但对我来说，老旧物件和个人珍藏的吸引力总是大得多。

---

1 齐柏林飞艇乐队（Led Zeppelin），20世纪最具影响力的摇滚乐队之一，1968年组建于伦敦。1980年9月，鼓手约翰·博纳姆死于饮酒过量；同年12月4日，乐队正式解散。

2 “闪电”战斗机，英国电气公司设计、生产的2马赫超音速战斗机系列，于20世纪60至80年代在英国皇家空军服役。

我成了环保农夫，却遭卡莱布嫌弃

从理论上来讲，当下这股新奇的“野化”之风听起来是很棒的。因为你不用花整个周末的时间修剪草坪和玫瑰枯枝，而是把方向盘交给大自然，自己则去酒吧躲清闲，顺便告诉酒吧里的所有人，你走在了绿色理念的最前沿。

然而，我不确定“野化”是否能很好地代替农耕。在大多数人的想象中，要是农民不去打理农田，任其自然发展，地里很快就会佳木繁荫，野花芬芳，蝴蝶翩跹。但近年来我了解到，如果你对农田放任不管，它很快就会被荆棘吞噬，或是被荆豆花占领。而最后在你眼前的，不会是绿草如茵，裙裾翩翩，人们悠闲啜饮柠檬水的田园风光；而是荆棘丛生，野獾遍地，疾病横行，上千只刺猬垂死哀嚎的骇人景象。

此外，还有一个问题：如果农民不再耕作，听天由命，那我们的食物从哪里来？工厂吗？这个问题困扰我一整年了。如今，化肥价格一路飙升，冲破屋顶，穿过烟囱管帽和避雷针，直达云霄，从每吨200英镑暴涨到了1 000

多英镑。于是我开始想：如果我尝试野化项目，然后卧床休息一年，那我的经济状况会不会好一点呢？

我的意思是，光买化肥和农药可能就要花掉我13万英镑，这还得是在天气适宜、粮食价格高企的前提下，我才有可能回本。但万一天气不好呢？万一乌克兰战争结束，粮食价格暴跌呢？这些都是很高的风险，且事关重大。玩轮盘赌的时候，你能投个两英镑的注，押开黑还是开红，但选择在今年务农就好比投一万英镑的注在“0”号上。[1]

我不太负担得起使用化肥的费用，我也承担不起不用化肥的后果，因为这片地区的土壤和海拔让推行有机农业成了天方夜谭。也许我真该骂一句“呸”，然后干脆什么地都不种了。但如果每个人都这么干呢？

后来我跟一位名叫安迪·加托的本地农民见了面。他和我来自南约克郡的同一地区。他小时候参加的童子军甚至曾常到我家花园尽头的树林里举行探险活动，长大后他

1　轮盘赌，一种常见的博彩游戏。轮盘一般会有18个红色号码，18个黑色号码，还有一个绿色的“0”号。玩家可以选择数字、颜色、单双等多种方式进行投注。

离家成立了槽舰队乐队[1]。一番叙旧过后，他表明来意，说自己在修复土壤方面有些建树，能在爱护自然的同时种好庄稼。这种模式名为再生农业，从理论上看完全就是胡扯，没人会信。除非你是一支非常成功的乐队的成员，或某个世界知名的汽车节目的主持人，或吸尘器的发明者。[2]

为了帮助我理解，他来到不足道农场的地里，请我在农田中央挖一个小洞，并和我一起观察露出的土壤。就连我都能看出来，这些土壤十分贫瘠。

若是将这些土壤比作人，你会以为它患了非常严重的黄疸病。之后我们在田边树篱下又挖了一个类似的洞，而这两份土壤间的差别，即便在我这个汽车记者的眼里，也是显而易见的。因为树篱这边的土壤呈棕色，是土壤该有的样子，里面还都是虫。

我这位新交的挚友解释了背后的原因。在自然界中，许多不同的植物相邻生长，品种和现在汽车广告里的模特

1　槽舰队乐队（Groove Armada），安迪·加托（Andy Cato）和汤姆·芬德利（Tom Findlay）组成的电子音乐双人乐队，其专辑曾数次进入英国专辑榜前50名。

2　作者曾突发奇想用吸尘器采摘黑莓，效果出奇地好。

一样多元化。而这就是土壤健康的原因：每一株植物都在以某种方式为整体环境做出贡献。对，没错，我知道这听起来的确像是扩展现实[1]公司招聘手册的前言。

但自从农业机械化以来，农民一次只种一种作物。我能从我朋友的脸上看出来，这么做不好。于是我也眉头紧锁，点了点头，一副洞悉一切的样子。

他接着告诉我，我应该同时种植两种作物——小麦和大豆。可我首先想到的是，怎样才能同时种两种庄稼呢？然后我又想，假如你真的奇迹般地把种子种到了地里，种子也生根发芽了，最后你究竟要怎么把它们分别收割下来、送上餐桌呢？联合收割机是很智能，但也没有那么智能。

播种之后的事就更复杂了，因为你不能随便开着拖拉机，不管三七二十一，就对庄稼喷洒各种杀虫剂和杀菌剂。你得定期做检测，明确作物当下需要什么，然后再对症下药。这不是有机农业，而是一个折中的办法，兼顾民以食为天和对土壤的养护。哦，别忘了，化肥一吨1 000

1 扩展现实，AR（增强现实）、VR（虚拟现实）、MR（混合现实）等多种技术的统称，指通过计算机将真实与虚拟相结合，打造一个人机交互的环境。

英镑。

卡莱布对这种新型耕种方式很不满，因为他就是靠开拖拉机给庄稼除草、杀虫和施肥吃饭的。这就是他所说的“传统农业”。但在“传统农业”中，农民最关心的是收益。全球粮食价格通常是由芝加哥那帮西装革履的人制定的，他也无能为力。所以，他转而专注于产量。产量就是一切。亩产就是王道。

但在再生农业中，你关心的是“镑”而不是“磅”。你接受产量减少的事实，但意识到因为减少了化肥、农药和柴油的使用，利润率其实变高了。

而为了让农民看到更美好的前景，安迪和一位名叫乔治·兰姆的前电视节目主持人成立了一家叫“野农”（Wildfarmed）的公司，他们会对按照他们规定的方式种出的粮食给予补贴。我跟他们开了几次会，场面一度非常搞笑，因为安迪身高6英尺8英寸，乔治6英尺6英寸，我是6英尺5英寸，而莉萨是6英尺2英寸。因此，当看到我们时，人们会觉得自己不小心来到了巨人国。莉萨特别开心，她说我们让她觉得自己是正常的。

总而言之，他们说动了我。我没有一咬牙全上马，但我决定要搞一块试验田。因此几周后，乐队老哥来访。尽管卡莱布站在田边，说了些诸如“你带错条播机了”的金玉良言，但安迪还是把大豆和小麦种好了。

即使我认为卡莱布不会大晚上跑到试验田里，朝庄稼撒尿，我也还是在每天早上起床后，透过我的卧室窗户望向那片田。与我最初的怀疑相反，它真的在一天天地变绿。庄稼长起来了。

地里有一支鸽子大军在捣乱，而且大多数时候，赶来享用盛宴的海鸥更是遮天蔽日。另外，这些种子在碎石多、土质脆的地里到底种得如何，还未可知。没记错的话，那句话是这么说的：“只要播种好好干，庄稼就算长一半。”所以，这块地最终也可能变成一场灾难。但要是没有呢？要是我在种植成本低于往常的前提下获得了不错的收成，还能卖个好价呢？要是这种模式真的能帮助修复多年来受我摧残的土壤呢？

不管怎么说，这肯定好过唯一剩下的那个“绿色”方案——獾吃光了所有的羊，害死了所有的牛，慢慢地饿死；然后，曾经绿意盎然、风光秀丽的田地变成了巨大的荆棘灌木丛。

冬

霹雳娇娃

在电视行业工作，请病假是不允许的。我见过摄影师一边拍摄，一边闹肚子，都拉到裤腿上了；也见过收音师突然要吐，立马拿起大大的、毛茸茸的话筒压住自己的呕吐声。我还见过制片人像《桂河大桥》结尾的亚利克·基尼斯[1]那样，爬着都要来上班；更见过采编宿醉得厉害，脑袋肉眼可见地一抽一抽地疼，却还是现身片场。因为我们都知道规矩：只要还有一口气，你就得去上班。

一个摄制组里，没有哪个人是多余的，也没有哪个岗位是多余的。每个人都有他的工作职责，他们心里也都清楚，如果自己不来上班，那些昂贵的摄像机就得停工。因此，无论发生什么事，你都得捡起你的断腿，给你血流如注的动脉烧灼止血；然后，要么你把一个老人家从他的轮椅上拽下来，抢过来自己坐，要么你就单腿跳着去上班。

1 《桂河大桥》，1957年上映的战争电影，讲述了二战时期英军战俘被迫为日军建造桂河大桥，之后全力阻止大桥被英国特遣队炸毁的故事。亚利克·基尼斯（Alec Guinness）饰演的英军上校尼克尔森为建造该桥付出巨大心血，在电影结尾极力阻拦前来炸桥的乔埃斯，两人倒在河滩上扭打成一团。

有一次我在南非录制《疯狂汽车秀》[1]，面前可能有两万人，这时我瞧见理查德·哈蒙德干呕了一下。我有点担心，便问他还好吗。“我胃里的东西一直在往上翻，”他回答道，“不过别担心，我已经咽下去了。”他也只能这样。

得肺炎的那次，我确保病情在我休假的第一天发作，这样我错过的就是假期，而不是工作。之后，我又把我的首次新冠病毒感染安排在了圣诞假期。而当我第二次感染时，我像个爷们儿一样选择了坚持工作。

我想当然地以为，所有这些经历都将为我务农的新生活打下良好的基础。因为如果有牲畜要照料，你就别想休息，一天也不行。不管有多难受，你都得起床干活儿。

结果，我大错特错。上周卡莱布打来电话，说他从来没有觉得这么难受过，所以要卧床休息。两天后，又有几个幕后工作人员来电，说他们也病倒了。其中一个人还被送进了医院。显然他们都感染了某种病毒。

这就意味着，农场头一回完全交到了莉萨和我的手

---

1 《疯狂汽车秀》(*Top Gear*)，英国广播公司制作的著名汽车节目，作者和后文提到的理查德·哈蒙德于2002—2015年担任该节目的主持人。

上。我们就像《空前绝后满天飞》[1]里的特德·斯特赖克和伊莱恩·迪金森一样，在全员病倒的当下，全靠自己来力挽狂澜了。但那天偏偏暴雨倾盆，狂风大作，把带轮子的垃圾桶吹得都要超速了。

而莉萨对这项挑战的回应，就是穿着礼服，戴着钻冕[2]，下楼吃早餐。“我今天可帮不了你，”她说，“你看我这身打扮。”

可她必须帮我。她必须换身衣服，面对现实，因为新买的猪今天要到了。我们得搭个围栏把它们关起来，还要建些猪舍，好让它们在世界末日般的恶劣天气里有地方挡风避雨。这些活儿不像装柜子，不能说推迟就推迟。

首先，我们要去院子里拿上所有要用到的材料和工具，送到我们给“香迪布莱克猪”[3]选定的猪舍位置。（这

---

1 《空前绝后满天飞》，1980年上映的喜剧电影。退役的战斗机飞行员特德·斯特赖克患有飞行恐惧症，为了挽回空姐女友伊莱恩的心，他潜入她工作的飞机。不料机长和乘客吃了飞机餐后相继食物中毒，机长无法继续驾驶飞机，所有人的安危都交到了特德手上。

2 钻冕，一种头饰，呈半圆形，通常由金、银、铂金等制成，并以宝石装饰。

3 原文为shandy and blacks，指一种名为“牛津桑迪布莱克”（Oxford Sandy and Black）的家猪，原产于英国牛津郡，全身呈沙土般的棕黄色，长有大块黑斑，因此得名。

在北部地区好像还是一种低度酒精饮料的名字。[1]）那是一种本土的家猪品种，数量极其稀少，几年前全世界就只剩下几头种公猪了。

拖拉机必须得由我来驾驶，它后面安装了打桩机，前面竖着几根钢管，像二战时期医院的床架子。这样一来，莉萨就要负责驾驶我家的杰西博牌伸缩臂叉车，运送围栏门和木桩。

她从来没开过那辆叉车。我曾提议教她开，但她总是穿着超短裙来上课，还说她这样没法爬上梯子坐进驾驶舱，因为太不雅观了。但这一回，我不能再让她找借口。她不行也得行。

我知道你会怎么想——她搞砸了一切，把叉车开到了河里，害得我们大晚上还得去捞车。你错了。她开得可好了，天生就是一把好手。可能是她身上的爱尔兰血脉被唤醒了，看她驾驶着叉车在院子里闪转腾挪，铲起建围栏所需的所有材料，就像在看一场黄色液压臂主演的芭蕾舞。

---

1 此处指香迪酒（shandy），一种混合了姜汁汽水和啤酒的鸡尾酒，清新爽口，度数很低。该酒起源于19世纪中期的英国，现代调酒配方中也常用柠檬汽水代替姜汁汽水。

这姑娘真是错过了自己的本命工作。她爸妈应该给她起名德里克，然后她再去麦卡尔平建筑公司打工。我莫名感到自豪。

而两个小时后，我更加自豪了，因为身高18英尺、巨人般伟岸的她，仰躺在泥地里，爬到卡莱布这台长得像二战时期床架子的打桩机底下，试图把一个锈死了的连接销敲出来。我试着打电话问卡莱布，敲这个有没有什么窍门，但他在电话那头只顾着咯咯笑，什么也没说。所以莉萨只能自己琢磨，最后还真给她琢磨出来了。

故障排除后，她去叉车上拿来一把气动钉枪。怎么描述这玩意儿最形象呢？嗯……“这他妈绝对会要人命”都不足以形容。钉枪的钉子装在一个“弹匣”里，如同枪里的子弹，装填到位后还会发出“咔嗒”一声，就跟上好油的来复枪上膛时的声音一模一样。

然后，你轻轻地把这个“武器”抵在围栏桩上，这时安全装置解除，气体加压完毕。紧接着你扣下扳机，“啪”的一声，钉子就打好了。人们过去常常在网上发布穿着比基尼的女孩用机关枪射击的视频，一点理性和文雅的感觉都没有，却火遍全网。可我告诉你，莉萨操作气动钉枪的画面更美，我都能卖票了。

她举着钉枪，一颗颗地打着钉子，把围网固定到木桩上，然后示意我开着围栏安装机向前推，让围网绷得更紧一点。可惜我开得有点过了，结果把木桩连根拔起来了，上面还带着围网。莉萨被我气得火冒三丈，手里攥着钉枪。

因此，那天晚上，做好晚饭，喂好狗，生好火，把洗碗机洗好的碗碟拿出来后，我坐在电视前，一边看着一档讲加州房产经纪人把丑房子卖给奥兰治县居民的节目，一边思考今天白天发生的事，并得出一个结论：卡莱布以自己的身体被疾病压垮为代价，向我们证明了他能干的活儿，莉萨也能干。

第二天，我做了一顿丰盛的早餐。用餐间隙，我打破了令人不安的沉默，支支吾吾地建议她以后可以多来农场干活儿。她听完，二话不说，转身上楼。没过一会儿，她穿着一身香奈儿衫裤套装下来了。“我不去。”她说。

于是，如今就剩我一个人苦苦支撑。老实说，写到这里，我祈祷着那个让所有人都病倒的病毒也能找上我。越快越好。

荒凉山庄[1]

1 标题出自狄更斯的长篇小说《荒凉山庄》(*Bleak House*)。

这一天终于到来了。这是我们在这幢从零开始建造的新房里，度过的第一个圣诞节。大约十年前，我开始在脑海里构思新家的设计。随后请两名设计师将这些设想变成图纸。后来，在二战以来英国国土上发生的最大一次爆炸中，老房子被夷为平地，施工队随即进场开工。而今，尽管遭遇了新冠疫情、英国脱欧和乌克兰战争，以及随之而来的物资短缺，但新房还是顺利完工了。如果你打算亲自体验一下《大设计》[1]，那我可以给你一些建议。

首先，你脑海里设想的门厅肯定不够大。我建的这个比我住的第一套公寓的门厅要大多了，但还是根本不够用。外套、雨靴、狗、枪械保险柜、帽子、围巾以及在乡间散步所需的所有装备都笨重无比。所以，以下是我的第一条建议：把门厅设计成足球场那么大。即便如此，你也还得聘请一个平时给房车做内饰设计的人，帮你打造一批

1 《大设计》，一部专门介绍不寻常的建筑构思和房屋项目的英国纪录片。

错综复杂、设计巧妙的小储物格，来存放你那些收藏得异常多的网球拍。

接着是第二点。每个人在设计房子的时候，脑海中想象的画面都是夏天：悠悠夏日，花园派对，宾客们在爬满忍冬花的藤架下坐着乘凉，伴着蜂鸣，啜饮果酒。反正我是这么想过，所以我家的每扇窗户都是法式落地窗。

这种窗户在热浪逼人的8月效果不错，但你要记得，在英国，一年中的大部分时间都不是夏天。上周就肯定不是夏天。而也正是在上周，我发现房子的木结构有几处似乎已经变形了。其中的一扇门上甚至出现了一条巨大的裂缝，不用开门就可以进出。

这让防盗变得有些棘手。不过，当我意识到在进屋找到什么值钱玩意儿之前，小偷先得爬过门厅那儿放不下的、堆成山的滑雪装备时，我觉得不用担心这一点。但不怕一万，就怕万一，因此莉萨和我不得不轮流外出参加聚会，好留另一个人坐在家里，一边保养猎枪和乌木拐杖，一边看家。这就引出了我的第二条建议：房子的门要小，并且要选那种不会变形的材料，比如钢，或者“铁娘子”撒切尔夫人的脊梁骨。

关不严的门还有另一个缺点——费钱。为了对抗从缝隙呼啸而入的狂风，我现在得戴着手套打字。

下面要说的是水源。我们这儿没有自来水，于是我们打了口井，井眼里渗出的水来自地下的远古淤泥层。这种打水方式，其难易程度与把鬣蜥投进绞衣机[1]以获取水分相当。不过我家的井水里一部分是氢，一部分是氧，还有一部分是雷龙的尸体。

为了去掉水里有毒的“恐龙汁”，我安装了一个反渗透过滤系统，结果就是：我们每七秒就要换一个滤芯，害得我们现在所有的生活用水都只能指望泉水。为了钻那口井，我花了好几千英镑，而如今我却喝着泉水，像个活在中世纪的贫农，或一头牛。

我的下一条建议是最关键的：不要让施工队给你砌烟囱。这活儿你得找个巫师来干，因为建烟囱的时候，你要是用科学和量角那一套，而不是秘术和黑魔法，那这烟囱肯定没法用。我家的烟囱就是如此。我晚上刚把火生起

1　绞衣机，旧时英国一种将湿衣服脱水的家用机械。把湿衣服放在紧密排列的两个滚筒间，摇动手柄或使用电力驱动，通过挤压脱除衣服中的水分。有时这种机械也用于熨整衣物、床单等。

来，不到十分钟，我就切身体会到了圣女贞德[1]临死前的感受。

接下来是高科技。千万别用。我曾驾驶F-15E“打击鹰”战斗机，投下过一枚激光制导导弹，但我不知道怎么打开我家伊加牌电热集成灶的电热板。我也不知道怎么用平板电脑控制地暖，或是用我手机里的软件控制家里的其他设施。简而言之，你人都在米兰了，就算不会远程给家里放洗澡水，那又怎样呢？

不过，我最推荐你做的，是时间管理。建房子要花上好多年，而到了终于入住的那天，只是收拾出两口锅，铺了一下床单，你就会忍不住告诉自己：“行了，完事儿。”但你要做的事情还多着呢。

你得请好几周的假来整理书柜，布置画框，还要找地方放朋友在20世纪90年代送给你的一个装饰盘，上面写着“杰仔是个混蛋”。你的AK-47、天鹅玩偶，还有你多

1 圣女贞德（Joan of Arc，1412—1431），法国民族英雄。在英法百年战争中，贞德女扮男装，披甲上阵，率军几次大破英军，收复法国北部大量失地。1431年，年仅19岁的贞德被宗教裁判所以异端和女巫罪判处火刑，在法国鲁昂被活活烧死。

年来收集的其他玩意儿，都得拿出来放好。否则，封存在纸箱里的它们会堆在早已拥挤不堪的门厅，一直堆到你死的那一天。

当然了，如果你真的开始布置新家了，务必要铺两张床的床单，因为你们两口子会天天吵架，动静大得连远在加州的地震仪都测得出来。你挂的每一幅画都挂错了地方，装的每一盏灯都安错了灯罩。“不行，你不能把AK-47放到走廊上，别人会看见的。”壁炉里冒出来那么多烟，别人能看得见才怪了。哎呀，火警报警器又响了。“你他妈生火干吗？”“你知道现在燃气有多贵吗？”“我算是明白为什么会有人送你那个装饰盘了。”

不过，这房子也并非一无是处。在我写这篇文章的时候，窗外冰冷刺骨，但当莉萨自言自语，纠结着圣诞树该放哪时——我们之前从没想过这个问题——阳光正透过大落地窗洒进屋内。我透过窗户，看着屋外胖乎乎的蓝冠山雀停在喂鸟器上吃食。这么看来，尽管房子本身有缺陷，建造时出了岔子，屋里还烟雾缭绕，但它仍算得上是一个温馨的家。圣诞节时有这些，夫复何求？

又是一团糟

我一直都很喜欢猪，于是如今我成了一个养猪户。我的土地经纪人、外号“开心查理”的查理·爱尔兰说，这是我迄今为止最蠢的主意，他可不想掺和。卡莱布对此也很不满，直接坐上他的皮卡车，去康沃尔待了一周。

但我这么做是有道理的。猪比牛和羊都便宜，并且它们不像其他大多数牲畜那样一窝只下一两只崽，而是像机关枪子弹一样不停往外“冒崽”。你花几英镑买了10只猪，3个月后就能得到1 000万只。这不就有利润了吗？纯纯的、明摆着的利润。

为了进一步提高收益，我决定把猪养在土豆田里。由于今年夏天的干旱，那片田的土豆毁了，我原本打算让它们烂在地里。但现在，多亏了我新想出来的天才计划，它们派上了用场——猪饲料。

查理听了我的解释，翻了个白眼就回家了，这意味着莉萨和我不得不花一两周的时间学习一门全新的语言：养猪术语。你可能以为这不难——不就是把猪分为仔猪、母猪和公猪嘛。[1]但你错了。就像养牛、养羊的人用的术语放在拼字游戏里会引起争论一样，我后来了解到，在“猪学”中，猪还分为断乳仔猪（weaner）、后备母猪，而未受孕的母猪叫“空怀母猪”。

接着我们还得考虑买什么品种的猪。可选的品种数不胜数，但最终，我们选定了一种叫“牛津桑迪布莱克”的猪。一部分是因为它们长着一对滑稽的大耳朵，耷拉在眼睛上，导致它们根本看不见路；还有一部分是因为这个名字听起来像是北方姑娘去桑特岛[2]上的夜店玩时会点的那种酒。

但主要原因是，据传这个品种原产于韦奇伍德森林，而我从我家厨房窗户就能看到那片森林；还因为就在几年前，这个品种在全世界只剩下几只公猪了。相比之下，大熊猫都显得没那么濒危了。

我们买了15只猪，它们都有着金属般古铜色的被毛，

---

1 仔猪（piglet），出生不久的小猪，特别是断乳前的。母猪（sow），已经产过仔猪的繁殖用母猪，后文中的后备母猪（gilt）则指尚未产仔的母猪。公猪（boar），未经阉割的公猪。

2 桑特岛，希腊扎金索斯岛的别称，地中海著名旅游胜地。

我上次看到这种颜色还是在1973年遇到的一辆NSU Ro 80轿车[1]上。不过，和那辆NSU不同，驱动它们的不是转子发动机，而是“精子”发动机。哦，不对。这帮家伙喜欢关于性的一切，它们甚至把性当作一种防御机制。

当我要把公猪从一个有两只已经配完种的母猪的圈里，赶到另一个有两只尚未配种的母猪的圈里时，我发现了这一点。那只公猪不想挪窝，为了表示它的不情愿，它跳上了其中一只母猪的后背，开始疯狂地泵出某种液体。“快看，”它似乎在说，“我爱上她了。求你别赶我走。”

嗯……我能看出来，母猪身形巨大，而它却不然，所以它在母猪背上趴得不够靠上，不足以连接成功。但它毫不知情，因为它的眼睛被耳朵挡住了。而且我怀疑它也感觉不到，因为它的阴茎太细了，压根没有多余的地方留给神经末梢。

猪的阴茎很有意思。我们常听说它的形状像一个开瓶器，但它勃起时更像一根特别长的扭扭棒。而巧妙的是，

---

1 NSU Ro 80轿车，德国NSU汽车公司旗下一款前置引擎的四门高档轿车，生产于1967—1977年。

猪还可以远程操控其阴茎，就像旧金山消防车的车尾那样。我说的是真的。猪可以自己控制阴茎的活动方向，能够做到身子往右偏而阴茎向左拐。而当猪专心办事时，你要叫它“下来”，它是听不到的。

那么，如何才能让一只陷入热恋无法自拔的猪从它女朋友的背上下来呢？没过一会儿，这个难题的解决办法就自己出现了：另一个猪圈里的一只空怀母猪闪亮登场。“嗯，”公猪心想，“新来的美女。而且她的身材跟我的更配。”

公猪立刻从体形比自己大的女朋友的背上爬了下来，随即对新欢展开柔情攻势。你猜得没错，此举果然惹恼了旧爱。于是，在公猪舒展开它的“扭扭棒”，将其对准新欢之时，先前的那头大母猪猛然发起了进攻。

接下来出现的这一幕可能就是所谓的泼妇互殴了。只见那只空怀母猪口吐白沫，一边遭受着比自己大得多的竞争对手的猛攻，一边竭力稳住身形，好方便它的新情人办事。这位竞争对手显然对公猪抛下旧爱、另觅新欢的行为很不满。接着，又有一只空怀母猪加入了。

我读过几本关于给猪配种的书，所以我告诉莉萨，如果你按摩猪的屁股，猪就会以为自己在交配，然后站着不动。这办法居然真的奏效了。在我的摩挲下，其中一只发起攻击的猪停了下来，不再啃咬那只正在交配的母猪，安分地站在一旁，同时嘴里还发出轻轻的哼哼声，仿佛是云雨之后的心满意足。

然而，莉萨把我假装交配的吩咐理解成了字面意思。她绕到另一只发起进攻的猪身后，用自己的胯一下一下地撞它的屁股。这场面相当诡异。但后来，谢天谢地，外面下起了雨，而且是又冷又急的大雨。遮天蔽日的雨幕下，任何开车经过的人都不可能看得见这幅如同但丁地狱第十七环的景象。

而且，这幅景象并不短暂。我告诉你，猪可不是兔子。猪喜欢时间很长的交配。于是，公猪在顶胯，莉萨也在顶胯，而我在给母猪做着按摩，并希望这种按摩不会往奇怪的方向发展。与此同时，我们还被大雨淋得浑身湿透，全身满是污泥。可这只公猪还是没完事。

大约一刻钟后，当公猪终于停下时，它射出的精液简直多得让人难以置信。十毫升算什么，得以加仑为单位才行。而且，它溅出的体液也很多，湿嗒嗒地弄了我一身。

就在我被吓得呆若木鸡的时候，那只我一直在按摩的猪转过身来，突然吐到了我的口袋里。嗐，要是你被迫眼睁睁地看着你的男朋友跟一个他刚认识的人颠鸾倒凤，你也会吐的。

有人告诉我，我应该给空怀母猪安排人工授精。大家都说，对于养猪新手而言，人工授精的过程可能会出岔子，能给节目提供一些笑料。但在经营农场这件事上，我一直试着保持真实，不管节目效果会有多好笑，我都不做那些我明知道行不通的事。而且我也真心不想像英国电视五台《农场》节目里的丽贝卡·卢斯[1]那样，靠给猪手淫来博眼球。

但不想弄虚作假的我，最后身上却沾满了你能想到的各种“猪汁”。莉萨则感觉自己像是活在《黑镜》[2]里。另外，她新买的加拿大鹅牌外套也毁了。

总有一天，养猪的体验会变得更糟糕，因为到时我将

1　丽贝卡·卢斯（Rebecca Loos），荷兰裔模特和真人秀明星。在《农场》节目中，丽贝卡为一只公猪人工取精，在当时引起热议。

2 《黑镜》，英国独立单元剧，以讽刺和反思现代科技与传媒为特色。该剧第一季第一集中，英国首相为了救出被绑架的英国公主，答应了绑匪的要求，在当天和一只猪发生性关系，并向全世界现场直播。

不得不送它们“上路”，把它们做成香肠、火腿、猪排和培根。而这一切都是为了让你能在逛超市的时候，抱怨现在的肉有多贵。

如今我成了世界的毁灭者[1]

1 标题出自美国理论物理学家、“原子弹之父”罗伯特·奥本海默（Robert Oppenheimer）在一次采访中说出的名言：“如今我变成了死神，成了世界的毁灭者。”

不管以哪个标准来衡量，我都是个大忙人。我有两个每年都播出的电视节目要主持，有一家农场要管理，每周还要写三篇报纸专栏。除了这些，我还有一家酿酒厂要经营，有一本书要出版。而为了不让我的农场商店被关停，我还一直在和地方议会斗争。

尽管如此，当我昨晚翻看电子日程簿，想查查接下来这一周有什么安排时，看到的却是一页又一页的空白，一直到下周末。这可是天大的喜讯，因为这意味着我可以一直待在树林里扮演上帝，用一种叫碎草机的机器开天辟地、削山填谷。然而后来我才明白，我其实更像是“世界的毁灭者”。

这玩意儿的官方名称叫“Robocut 2”。刚收到货时，我是有些失望的。它装有坦克似的履带，全身的黄色涂装也很炫酷，但它比一张小餐桌大不了多少，内置的柴油发动机也没什么马力，全速前进时跟蠼螋[1]一样慢。而且它

1 蠼螋，革翅目、蠼螋科的统称，是欧洲常见的一种夜行性、杂食性昆虫，有翅但少飞，在国内被称为剪刀虫、夹板虫。

是无线遥控的，也就是说，它里面有复杂的电子元件。而这正是你在又大又湿的树林里不想见到的，因为那里到处都是锯齿一样的树根和隐蔽的獾洞。

我当时觉得我租来的这台机器更适用于园艺，而不是林业。不过，凑合用吧。我只是想清理掉池塘边的一小片荆棘，我觉得它还是可以胜任的。因为机器的前面装有一个滚筒，不大，直径可能是9英寸，但里面布满了尖锐的钢刺，用来清理杂草。

我估计我能在一天之内把这活儿干完，但我错了。在我戴好护目镜、启动引擎的短短两分钟后，那片荆棘就不见了。我说的不是“连根拔起”，而是“无影无踪”。它们不复存在，灰飞烟灭了。我像《角斗士》里的罗素·克劳一样，高举双臂，冲一个从村里跑出来看热闹的女人大吼了一声：“你看得不尽兴吗？”[1]

我惊呆了。我从未见过一台机器能如此高效地完成任

1 在动作片《角斗士》中，罗素·克劳（Russell Crowe）饰演的昔日罗马帝国的大将军马克西·蒙斯被人陷害，沦为一名角斗士，整日杀戮供贵族取乐。在一次血腥的角斗后，他对着看台愤怒地喊出这句著名台词：“你们看得不尽兴吗？”

务。在一天之内，我可以用它让大自然回到400多万年前的蛮荒时代。

鉴于这台碎草机我租了整整一周，接下来我打算清理一下那些曾经穿林而过的小道。由于大自然对生存空间永远不知足，这些小道现在都无法通行了。

小道至关重要。它们穿过全国许多管理得当的林地，每条约有10码宽，并且是东西走向，以便让阳光最大限度地照射到地面。我猜这些小道是由骑马爱好者开辟的。它们或许也能很好地阻止山火蔓延。不过，对于像我这样的环保人士来说，它们能起到更大的作用：洒在地表的阳光有利于生物多样性和可持续发展，而这些词儿能让你的获奖感言增色不少。

我正在规划的这种生态保护项目肯定能获得一笔政府补助。但为了申请这笔补助，你得先填2 000张表，然后再等上2 000年，直到一个家伙开着租来的沃克斯豪尔[1]找到你，告诉你必须停下手头的工作，因为他在现场发现了一只蝙蝠或是一些苔藓。

1 沃克斯豪尔，该品牌的汽车是英国公务人员的常用车。

于是，我决定自掏腰包，铆足干劲，即刻开工。一时间，我仿佛成了飞船上化身“人形叉车”的西格妮·韦弗，[1]心中做好了背水一战的准备。我再也不会被大自然的反复无常吓倒。我和Robocut 2团结一心，要做大自然的主人。

我要清理的那条小道从我所在的村子一直延伸到约1.5英里外的主干道。因此，这是一个大活儿，是目前为止我在农场尝试过的最大的活儿。

在机器背面小心站好后——因为会有木刺以音速从机器前端喷出来，两边也是如此；有时后面也有，所以我还戴了护目镜——我出发了，不一会儿就碰上了一棵树。那是一棵接骨木，或是一棵爆竹柳，又或是什么类似的植物。但不管它是什么，看起来都不怎么重要。既然它挡了我的路，那我就要试试能不能用我的机器把它推倒。

对于一台没什么马力的引擎来说，这似乎并非易事，尤其是它还装配了履带。履带不管用的。我从没见过任何

1　此处指西格妮·韦弗（Sigourney Weaver）主演的电影《异形2》中的一个片段。在影片的后半段，她饰演的女主角艾伦·雷普莉在千钧一发之际，穿上外骨骼机甲，与异形母兽决一死战。

履带式车辆能行驶超过200码而不被卡住，或者不出故障。战场上的乌克兰士兵们如今正为这事发愁。而当我遥控着碎草机靠近这棵不知名的树时，我也有同样的担心。但只见这棵树“咔嚓”一折，倒在了地上，随即被吸进了滚筒里。在一阵美妙的，听起来像是机器消化不良的声响后，整棵树变成了碎屑。

紧接着，一大群野鸟给我来了个地毯式轰炸。尽管现场噪声震天，一片狼藉，但它们还是围着我到处飞。我能想到的唯一解释是，被我削成碎屑的树枝里满是昆虫。而在我经过后，它们落在地上，像一大盘自助餐。

之后我遇到了某种带刺的植物，它紧紧地缠绕在一棵树上，看样子几乎不可能清除。但Robocut变不可能为可能。它只是抓住茎干往下一扯，就把整株植物从树枝上拽了下来，打成了末儿。

一个小时后，我清理出了100多码的小路。心中越来越得意的我，开始对付越来越粗壮的树木，甚至连碎草机扫荡后留下的树桩也不放过。这可能就是这时碎草机开始冒火星的原因。起初我没当回事，以为是一小块木头卡在了机器里，在刀片的摩擦下起火了。可随后，它冒出了滚滚浓烟。紧接着，一阵声响从机器内部传来，类似的动静要是在开车时听到，就说明连杆大端刚刚把曲轴箱打穿了。

后来我发现，原来是滚筒的一端脱落了。不过它是租来的，所以这点故障不用担心。在租赁公司派人来换了机头后，第二天我又开工了。直至我撞到了一根非常大的圆木，它大得像是植物界的罗伯特·普兰特[1]，把滚筒刀片卡住了。通常遇到这种意外后，我会撒手不干，可之前的进展很顺利，而且这是既有用又像样的活计，我还难得很擅长。所以我一直苦干到天黑，才把木头弄出来。多亏了我的制胜组合：锤子和喷灯。

昨晚我几乎整宿没睡，因为我知道只要把这篇文章写完，我就能杀回树林，见树伐树，见草除草，尽情享受一场打着环保的幌子，实则充斥着柴油和破坏的狂欢。然而，今天早上，确切地说是十分钟前，我突然得知这一周有事要忙了，因为大女儿来电说她正在赶往切尔西一家医院的路上。她要生孩子了——我要当外公了。

---

1 罗伯特·普兰特（Robert Plant），英国著名摇滚歌手与创作人，曾是齐柏林飞艇乐队的主唱兼词作者，被誉为摇滚乐最伟大的歌手之一。此处用普兰特在乐坛的地位来形容圆木之大。

遛狗有感

上帝赐予动物最好的礼物就是狗对独自散步的抗拒。狗狗想要去散步，也热衷于散步，没有什么比散步更能让它开心的了。但它不愿意独自出门，非要你陪它一起，即使外面冷冷的冰雨在脸上胡乱地拍，而你宁愿坐在火炉边看球赛。

但我对狗狗的这种特质心怀感激，因为当狗狗朝你发出一阵轻柔的呜咽声，再歪着头用可爱的神情恳求你的时候，你就不得不起身带它到树林里散步，而这么做好处多多。不仅因为你给狗狗带去了藏不住的快乐，还因为如果你每天都沿着同一条路线散步，你就会慢慢明白，不经干预的大自然既残忍又愚蠢。

当然了，我知道现在十分流行野化。伊莎贝拉·特里[1]出版了一本关于野化的书，内容很精彩，讲述了她不再耕种位于萨塞克斯郡的私家庄园，把它交还给大自然的

---

1 伊莎贝拉·特里（Isabella Tree），英国作家和环保主义者，著有《野化：英国农场回归自然》一书。书中讲述了她建立克内普保护区的始末，该自然保护区是英国低地地区第一个大型再野化项目。

经历。她在书里描绘了一幅生机勃勃的美好景象：斑鸠在树梢间咕咕轻语，野生动物在野花盛开的草地上嬉戏打闹。读者看后，都不禁萌生了要留胡子隐居，水煮木头后把它折弯做一把锄头的想法。

在我的农场，情况有点不一样。当初我留出了大片区域没有开荒，本以为能引来许多野狼和河狸在这些地方栖息，但最后只长出了一片密不透风的荆棘林，把这些地方都变成了一切长着皮肤的动物的禁区。没有一种生物能在这里生存，就连细菌也不行。

同样离不开人管理的还有溪流。早在维多利亚时代，在人类还坐在自然之桌的首席时，就有人做出了一个无比正确的决定：对水道进行人为管控，这样它们就可以用作羊群的饮水池。大自然对此当然很不满，于是在过去的一个世纪里，湍急的水流不断冲刷着堤坝。为了确保受损的堤坝永远修不好，它还让每片池塘的岸边都长满了坚硬得像是用高强度钢制成的各种植物。这些植物破土而出，向前攀缘三英尺后，又扎回地里。这意味着它们盘根错节，织出了一张满是圈套的隐形巨网。它会把你绊倒，让你一头摔在一棵长满“牙签”的树上。

动物呢？嗯……灰松鼠会毁树，狍子会毁树，黇鹿和麂子也会毁树；獾爱在树下挖洞，如果洞挖得过深，树就会倒地而死。另外，进口木材上携带的病虫害进入英国后，也导致了大量树木死亡。如果你一年中只在节礼日[1]出门散步，这些威胁你都不会注意到。你必须每天都去，才能亲眼见证这些无情的破坏。不过到了夏天，你就不能去了，因为树林里长满了比埃菲尔铁塔还高的荨麻。

漫步在树林中，眼前的景象不断提醒着我，人类是多么聪明、善良，而大自然是多么愚蠢、凶恶。然而，下一秒，我的拉布拉多总是把我从沉思拉回现实。

我不清楚英格兰有没有类似的规定，但在苏格兰，如果你没有在“公共场所或私人空间”管住自己的狗，你就违法了。私人空间也算？是的，看样子即使是在自己家，如果你的狗不肯听指令坐下或者回窝里睡觉，那么你也会被罚款。

我家的狗都挺乖的，但看到鹿时，它们就会失去全部理智，冲过去追赶。它们从来没有抓到过，而且考虑到鹿

1 节礼日，每年的12月26日，在英国属法定节假日。

能跳过特朗普做梦才敢想的那种高墙，[1]我家狗狗是永远也抓不到的。但我的确担心它们会被嗜血的本能控制。

果不其然，今早散步时，我被一阵凄厉的动物嚎叫吓了个半死。我怕是某只带病的獾正在袭击我的狗，于是毅然跳进了灌木丛中，疯狂地奔向声音的源头。但我没能到达目的地，因为我刚跑出25米，就被荆棘缠住，动弹不得。我被尖刺划得遍体鳞伤，鲜血从伤口喷涌而出。我的帽子被扯掉了，裤子被撕成了碎片。而就在这时，那只狗从我身边跑过，高兴得找不着北。

天知道它刚才去干吗了，而由于我一直在农场那片区域进行的野化（偷懒）计划，我们永远无从得知了。但不管怎样，现在我坐在这里，身上包着我在药品柜里能找到的所有绷带。我不敢脱下我的套头衫，因为我知道它上面扎满了刺，如果我把它掀过头顶，上面的尖刺会带下更多的皮。

1　2016年，特朗普在总统竞选期间提出要在美墨边境建造围墙，以减少墨西哥方向的非法移民入境。当选美国总统后，特朗普于2017年1月签署行政令，正式下令开始边境墙的建造。该工程一度因资金和政治问题陷入停滞，建起的墙体也屡屡被翻越。2021年，新任总统拜登下令停止边境墙的建造。

所以，不说散步了，让我们呈上今天这篇文章的正菜：测评5米长、8座的全新路虎卫士130。其他稍短车型的前排中间可以选装一个可折叠座椅，如果算上它，路虎卫士130就是9座了。但这样一来，这车就变成了一辆面包车。你必须先通过一项测试，证明自己是个怪胎，才能获得上路许可。（我不是说所有开面包车的人都是怪胎啊，只是说大多如此。）

这辆车只在车尾做了加长，这并没有提升整体的造型水平——它看起来很奇怪——不过车内空间还是很宽敞的，坐八个成年人绰绰有余。当然了，前提是那些被吩咐坐到后排的人要精通机械，知道如何把中间的座椅折起来，好让自己能爬到后座。我怕是没戏了。

这辆车的另一个缺点在于，在座椅都立起来的情况下，后备箱的空间不是特别大，反正几只拉布拉多肯定是装不下的。我知道，因为我试过了。这意味着130跟几乎所有的50多款路虎卫士一样，并不能真正成为一辆实用的主力车。你要把它看作性能不断升级的沃尔沃XC90的竞品。不过，内饰除外。沃尔沃XC90走北欧极简风，又酷又潮；路虎卫士130则采用暗色内饰，看得人心里直发毛。并且130内饰的手感远远算不上好。让我们委婉一点，就说路虎走的是实用风吧。

尽管如此，路虎卫士130的驾驶感还是很不错的。我在驾驶短轴距版的卫士90时感受到的震颤，在130身上已经微乎其微了，也许是得益于这辆车的空气悬挂吧。无论如何，它开起来既顺滑又安静。

优越驾驶感的背后，可能也有汽油发动机的一份功劳。当然了，这种类型的车你是不会买汽油版的，即使汽油版搭载了某种小马力的轻混系统。因为这感觉像是一种铺张浪费。既然它不是运动跑车，你也不会像头发着了火一样把它往死里飙，那你还是买柴油版吧。要是有人指责你竟敢使用“魔鬼的燃料”，你就告诉他们，这车是混动的，他们就不得不闭嘴了；或者告诉他们，你支持工党。效果是一样的。

听我说到这里，你可能认为卫士130是一辆好车。没错，它的确是。虽然这辆车跟好看一点关系也没有，在座椅全部立起来的情况下，后备箱也很小。但所有这些缺点都不重要，因为这款车入门级的起售价高达7.4万英镑。这笔钱都够我从大自然的手中夺回我家树林的控制权了。

春

环保烧胎

就在英国脱欧之前，鲍里斯·约翰逊曾现身于一个活牛交易市场，慷慨激昂地告诉在场农民，大家什么都不用担心，他会照顾好我们的；我们可以回家，洗个热水澡放松一下。然而，在那之后的很长一段时间里，政府连屁都没再放一个。

过去，我一年能从欧盟获得83 298英镑的补贴。这当然是一大笔钱，但拿钱也要办事，我必须亏本出售自家出产的肉、面包和大麦。不过，自私地讲，我其实挺支持的。你也支持，因为这意味着你能养活自己的孩子，不会饿到易子而食。

但后来有消息传出，到2021年，我只能拿到73 138英镑；然后，到2023年，补贴金额会降至48 149英镑，并将继续减少；到2028年，我就一分钱都拿不到了。到时，我会身处自由市场。这挺好的，但我将与外国农民同台竞争，而他们仍然能从政府那里获得帮助。这就一点都不好了。

你大可以转而去买进口的廉价食物，可英国农民就要住进救济所，靠吮吸苔藓活命了。

再后来，时间来到了2018年，也就是我们得知补贴要被取消的两年后，政府公开宣布，亏本出售农产品的广大农民将不再直接获得补贴，而是要提供“公共产品”，才可“获得公共资金”。

这乍一听很不错，于是放眼全国，那些胡子拉碴的高中生和乡间徒步爱好者都高兴得上蹿下跳。但且慢，到底什么才叫“公共产品”？开辟更多的乡间小路算不算？这玩意儿农民可没法卖。同样没法拿到市场上去卖的还有酸沼[1]，以及遍布珍稀水草和涉禽[2]的400英亩湿地。这世上有反嘴鹬[3]交易市场吗？我想应该没有，因为我打赌那会让人很不舒服。

这让我不禁在想，克里斯·帕卡姆[4]和特蕾莎·梅[5]之

---

1 酸沼，即酸性泥炭沼泽，其中有酸性泥炭与死亡植物（通常为苔藓，在北极地区可能为地衣）的累积，因此水里含有大量的腐殖酸。

2 涉禽，适应在沼泽和水边生活的鸟类，包括红鹳目、鹳形目、鹤形目、鸻形目的鸟类的总称。

3 反嘴鹬，又名反嘴鸻，具有较高的观赏价值和科研价值，在英国受法律保护。

4 克里斯·帕卡姆（Chris Packham），英国博物学家、自然摄影师、电视节目主持人和作家，多年来一直积极从事自然环境和野生动物的保护工作，公开反对各种捕猎行为。

5 特蕾莎·梅（Theresa May），曾任英国第54任首相及保守党领袖。从竞选首相开始，她便把生态保护作为自己的主要执政方针之一，关注塑料污染、动物福利、森林治理和气候变化等多个环境议题。

流已经慢慢渗透进了政府的智囊团。未来我想要拿补贴，就只能经营游客中心，开放给那帮想体验蜜蜂疗愈之力的工党疯子。

那农产品呢？别想了。在当今世界，一日三餐都是由外卖员骑着助动车送上门的，吃肉也被视为谋杀，所以农产品不重要。在这种新秩序下，更重要的是虫子、田鼠和蠼螋。

这一切的结果就是，在过去的四年里，我虽然还在坚持务农，但完全不知道未来路在何方。我不知道所谓“公共产品”究竟指什么。没有人知道。有的只是一种折磨着所有农民的无处不在的绝望，一种我们的未来被环保疯子和英国政府牢牢掌控的感觉——这些激进的环保人士连养牛都反对，而这届政府，老实讲，到目前为止真是一无是处。

他们一直说补贴政策的细则不日便会出台，但我估计这些细则会像高速铁路2号线[1]、脱欧或者那艘坏掉的航

1　高速铁路2号线，连接英国东北部与西南部的在建铁路线，总长度约为230千米。修建计划早在2009年就已提出，但多年来建造方案几经审查和修改，工程预算一涨再涨，完工日期一拖再拖，预计将于2029—2033年完工。

空母舰[1]一样，沦为笑柄。后来，一份超过一英寸厚的细则文件终于发布了。你知道吗？我那时就有一种可怕的预感——自己可能说对了。而今天早上，当我的土地经纪人开心查理蹦蹦跳跳地来到我的办公室时，这个可怕的预感变成了现实——当时他脸上的笑容无比灿烂，嘴咧得和达特茅斯海军学院[2]的主楼一样宽。

我知道他为什么这么开心，因为现在我可以申报的不单单是一笔基础补贴金，而是多达250个补贴项目，每申请一项补贴都要填一大堆表格和编码。这下他的计费工时要飙到天上去了。而我只能坐在一旁，用火柴棍撑起沉重的眼皮，看着他计算我们种了多少蓝蓟，面积要精确到平方厘米。他还要统计我们修剪了多少英寸的树篱，开辟了多少块“悲伤沼泽”[3]，因为这些都在政府的补贴范围内。

1　2022年8月，原定将横渡大西洋前往北美，与美国进行联合训练的英国“威尔士亲王”号航空母舰，启航不到24小时就发生了机械故障，被迫返航维修。2023年2月，工程师发现该航母左舷螺旋桨故障，赴美行程再次推迟。

2　达特茅斯海军学院，布里塔尼亚皇家海军学院（BRNC）的别称，坐落于英国达特茅斯港，横踞山腰，俯瞰全港，十分壮观。

3　在著名儿童文学作品《小熊维尼》系列中，维尼熊的朋友小驴屹耳（Eeyore）住在百亩森林的东南角，一个叫“屹耳的忧郁之地：悲伤沼泽”的地方。

此外，还有其他补贴项目。如果我在锡利群岛[1]养牛，每公顷牧区可获得279英镑的补贴，但我刚刚往窗外看了一眼，确认自己并不在锡利群岛，所以这项我申请不了。如果我为云雀开辟了一片繁育区，我就可以拿到10.38英镑，但这条我也做不到，因为我农场里的獾会将云雀下的蛋吃个精光。另外，开枪打鹿补贴90英镑，捕杀松鼠补贴50英镑，毁掉一片杜鹃花丛补贴5 500英镑。不过，还是有一些好消息的：我现在可以申请一笔补贴，用于维护农场里纵横交错的40英里石垒墙。

然而，申请程序复杂得要命。如果我聘用杰拉德[2]来维护（maintain）我的石墙，每100米我能拿到15英镑。但如果他要修复（restore）石墙，每米我能拿到31.91英镑。那维护和修复有什么区别呢？我不知道，但我敢打赌，政府肯定设立了“修墙警察”，让他们开着租来的沃克斯豪尔在地里巡视，以防我明明是在维护石墙，却打着

1 锡利群岛，位于英国康沃尔郡西南方，由约50座小岛和许多礁石组成，总面积约为16平方公里。

2 杰拉德，全名杰拉德·库珀（Gerald Cooper），作者的农场所在地区的本地人，负责农场的石墙维护和安全方面的工作。

修复石墙的幌子，骗取大笔补贴。

那么，有和农产品相关的补贴吗？毕竟这才是关键。我研读了文件的大部分内容，但到目前为止，里面几乎没有提到农产品。就好像他们在说：“生产农产品会破坏环境，所以大家别干了。还不如用这些土壤来储存碳。”这意味着他们还会设立“土壤警察”“林地警察”“小路警察”“杓鹬[1]警察”。而身为纳税人的你，将不得不为以上所有开销买单。那我能拿到多少钱呢？大概是脱欧前的一半吧。

为什么有必要操心这些事呢？当我每天在不足道农场里散步的时候，一种强烈的感觉总会油然而生：这个农场其实不属于我。房屋建成又消失，汽车和树木也一样，我们人也是如此。甚至连太阳都有熄灭的那一天。但在太阳熄灭，地球上的所有生命都消亡后，科茨沃尔德这些高高耸立、遍布碎石的山丘还会屹立于此，万古长存。

当我们坐在沙漠里，凝望着浩瀚的夜空时，很多人都会觉得有些头晕目眩。而当漫步于不足道农场时，我有时

1 杓鹬，一种体形中等偏大的海岸鸟，是英国重点保护的鸟种。

也会感到这种眩晕。“永恒”是我们人类难以理解的概念。

不仅如此，只有约7.5%的地球表面覆盖了具有良好肥力、适宜种植粮食的土壤。每当我开车驶出一片田，看到车胎在路面上留下大大的泥块，我都会想到，这些泥块会被雨水冲刷，流进下水道，汇入河流，最后注入大海，从此消失不见——种地真的改变了我的想法——于是，在离开一片田之前，我总是会找一小块碎石地面或是一小片草地，在上面漂移烧胎，用画甜甜圈的方式来清理轮胎上的泥土。这是保护环境的最佳做法。

总之，身为一个农民，我觉得必须要让自己的这小小的一块地保持最佳状态。我想让你爱上这里出产的食物，我想让你迷上这里的风景，我想打理好这里的一切。如今，我认识了很多农民，而大家在这一点上不谋而合。

两回事[1]

1　标题原文为A thing that seems very thingish，出自英国作家A. A.米尔恩所著的经典童书《小熊维尼》。书中有这样一段文字："因为当你是一只没有什么头脑的笨熊的时候，你想起事情来常常觉得是这样一回事儿，可是等事情做好了，大家看到的时候，又是另外一回事儿。"

仅仅因为一个东西曾经为名人所有，就花大价钱将其收入囊中，我一直不理解这种行为。去年有人花了65万英镑，买下一辆37岁高龄的福特Escort，仅仅是因为威尔士王妃戴安娜曾开着它在骑士桥[1]兜过风。在我看来，这种人就是疯子，几乎就和那个试图将一辆福特Escort高价卖给我的家伙一样疯狂——他之所以开出高价，是因为那曾经是我的车。

后来又有一个技术宅，豪掷200万美元买了一把吉他，只因吉米·亨德里克斯[2]曾在伍德斯托克音乐节上用这把吉他演奏过。还有人花差不多的钱去买泰格·伍兹[3]用过的高尔夫球杆，或者是迭戈·马拉多纳[4]在1996年用

1 骑士桥，伦敦市中心西部的一个富人区，遍布豪宅、酒店和高档百货商店。

2 吉米·亨德里克斯（Jimi Hendrix），美国吉他手、歌手、作曲人，流行音乐史上最伟大的电吉他手，活跃于20世纪中后期。

3 泰格·伍兹（Tiger Woods），美国著名高尔夫球手，史上最成功的高尔夫球手之一。

4 迭戈·马拉多纳（Diego Maradona），阿根廷职业足球运动员、教练员，20世纪最伟大的足球运动员。

来擤过一次鼻涕的手帕。不过，在那个年代，马拉多纳的鼻涕可能真的值不少钱。

但问题在于，为了让钱看起来花得值，你必须告诉大家你新购入的宝贝贵在哪——“这可是理查德·梅德利[1]的板球拍”——而在别人眼里，这种解释会给你打上“傻子”的标签。

这让我想到了杰弗里·阿彻[2]。他在伦敦有套公寓，里面有一个展示台，上面陈列着一只旧秒表。那只秒表当然是好看的，但它旁边还立着一张卡片，上面写着：1954年5月6日，伊夫利路跑道，一场由牛津大学田径协会举办的比赛中，正是这只秒表——终于要说到重点了——见证了罗杰·班尼斯特[3]成为世界上第一个在四分钟内跑完一英里的人。

我必须实话实说，当我在阅读这段介绍的时候，胃里有点犯恶心。杰弗里为什么要用文字解释他秒表的来源

1　理查德·梅德利（Richard Madeley），英国独立电视台（ITV）《早安英国》的主持人。

2　杰弗里·阿彻（Jeffrey Archer），英国作家、上议院议员。

3　罗杰·班尼斯特（Roger Bannister），英国短跑运动员、神经学家。

呢？是为了每天早上都提醒自己当初为什么会买下它，还是为了向客人炫耀？

话虽如此，上周的一篇报道还是吸引了我的眼球。报道中提到，维尼桥原桥[1]可能将于不久后被拍卖。

我对《小熊维尼》系列故事的热爱简直无以言表。《维尼角落的家》是我从小到大最喜欢的书，它在我心中的地位毋庸置疑，无可匹敌。我知道，身为一个报纸专栏作家，我应该说自己最喜欢的书是《尤利西斯》《失乐园》《罐头厂街》之类的世界名著，但我就是对这些书不感冒。因为它们都不像《小熊维尼》那样，能如此精准地界定何为"人"。

你遇见过的所有人，都能在《小熊维尼》里的九个角色之中找到对应的一个。当我拍摄《大世界之旅》时，我总是把詹姆斯·梅想象成屹耳，把理查德·哈蒙德想象成

1　此处指位于英国东萨塞克斯郡阿什当森林里的Poohsticks Bridge，原名Posingford Bridge，始建于1907年。据传，《小熊维尼》的作者A. A.米尔恩和儿子就是在这座桥上首次发明了"维尼木棍"游戏：在桥的一侧垂直扔下一根木棍，木棍顺着水流通过桥洞，谁的木棍最快出现在桥的另一侧，谁就获胜。后来米尔恩把这个游戏和这座桥写入了1928年出版的童书《维尼角落的家》。

小猪，把我自己想象成跳跳虎。在《克拉克森的农场》节目里，查理·爱尔兰是猫头鹰，莉萨是袋鼠妈妈，而卡莱布则是电视剧《黄石》里面的里普。所谓"凡事都有例外，例外也明示规则"，我猜，卡莱布就是那个例外吧。尽管他也有点像兔子瑞比。

我喜欢《小熊维尼》系列故事还有另一个原因：它是儿童故事，这一点毫无疑问；但其实，它又不是。我的孩子们以前很喜欢在睡前听我给他们读《小熊维尼》——不过，他们喜欢的程度远不及我。讲屹耳过生日时收到了两件礼物的那一章实在太精彩了，文笔优美，妙趣横生，每次没等念完，我就爆发出一阵狂笑，乐不可支地从床上摔了下去。我刚刚还重温了一遍，因此我需要一点时间来平复心情。

片刻后。

好，我们说回维尼桥。2021年，第11代德拉沃尔伯爵威廉·萨克维尔在拍卖会上买下了这座桥，想要为国家保留珍贵的历史建筑。后来，他却说自己"有点蠢"，因为他忘了还要交增值税和买方服务费。这也就意味着，最后的费用高达13.1万英镑。

现在他希望通过出售的方式把这笔钱收回来，甚至再捞上一笔。尽管我对这种事很反感，但我也必须承认，如果能买到这座桥，那我的心里一定会暖融融、美滋滋的。因为就是在这座桥上，在百亩森林的深处，A.A.米尔恩和他儿子克里斯托弗·罗宾一起，发明了一个我现在还喜欢玩的游戏。

甚至我家树林里还真有一条小溪，到时候可以把桥架在那上面。我心动了。所以要是有人去竞拍，我也完全能理解。我甚至不介意他们在桥柱上刻下一小段杰弗里·阿彻式的说明，告诉游客：1926年4月，就是在这座桥上，谁如此如此，这般这般……

但这里要打个问号：会有人竞拍吗？在2021年拍卖的时候，拍卖师说这座桥立于阿什当森林的一条小溪之上，建于1979年。即便是我这个反对新科技的数学白痴也能算出来，1926年和1979年，[1]之间好像差了约50年。

算了，反正克里斯托弗·罗宾·米尔恩已经给了它“维尼桥”的官方认证，称他和父亲过去常在这座桥上把

---

1 1926年，《小熊维尼》首次出版。1979年，“维尼桥”经过部分重建，在克里斯托弗·罗宾·米尔恩的主持下重新开放。

树枝扔进水里。这个游戏可能是后来被A. A.米尔恩写进书里的。不过，也有可能他先在书里写了这个游戏，然后才和儿子玩的。克里斯托弗一直记不清哪个先，哪个后，而由于他27年前就已经去世了，问题的答案我们永远不得而知。

我们已知的是，这座新修复的桥眼下在东萨塞克斯郡的一个农场里，是从附近的房子那儿搬到那边去的，因为原先那幢房子里住着滚石乐队的吉他手布莱恩·琼斯[1]，而正是在那幢房子里，布莱恩因为饮酒过量而淹死在泳池中。所以现在，你需要在桥上刻的介绍一下子就变得相当冗长了，而且含糊不清。“这是一座疑似原桥的复制桥，在那座疑似原桥上……”

恐怕到最后，这堆木头和钉子要花掉买家13.2万英镑。如果一堆木头和钉子就是你想要的，那你在朱森卖场[2]肯定能买到更便宜的。

---

1 布莱恩·琼斯（Brian Jones），滚石乐队的创建者之一，乐队初期的领队。1969年6月，染上酒瘾和毒瘾的布莱恩被逐出乐队。同年7月3日，布莱恩淹死在自家泳池中，年仅27岁。

2 朱森卖场，英国最大的连锁建材卖场之一。

成事不足，败事有余

我当然知道，如果我说自己特别喜欢送家里的牲畜去屠宰场，会非常符合我“大猩猩”的人设。但就和许多农民一样，我并不喜欢。我极其讨厌这件事。送走它们的前一晚，我怎么也睡不好；去屠宰场的一路上，我都觉得自己肚子里仿佛塞了一颗滚烫的板球。而到了最后道别的时候，我也总是伤感得不像个爷们。

当初送羊去屠宰场，我已经够难受的了，送牛的时候更甚。然而上周，当我不得不把我养的七只小公猪送去屠宰时，那才叫一个撕心裂肺。我知道我一直在努力做个农民，而这就是农民应该做的。我也知道杀猪后做成的培根、火腿和猪排，我会吃得很香。可是要让七只快乐、健康的小猪离开树林里的家，走向生命的终点，我还是感到难过。尤其是现在，猪肉价格这么低，这桩买卖要亏本几乎是板上钉钉的事了。

唯一的好消息是，我不用按某些宗教的屠宰法来宰杀这些猪。杀牛和杀羊的时候，你可以选择割喉放血——反正我是永远不会在不足道农场饲养的牲畜身上使用这种屠宰法的——因此屠夫选择使用二氧化碳来让屠宰过程变得人道，而不是念祷词。这种屠宰方式很快，等我处理好所有交接文件后，七只猪都已经离开猪世了。

不过，还是有一些喜事的，因为在开车从屠宰场回家的路上，我突然意识到，那只租来的种猪已经喷射了几加仑精子——每次射精量达到了惊人的250毫升——从那时到现在，已经过去了三个月三周零三天。也就是说，在农场的树林里，有四只猪随时都有可能一咳嗽就下出一地的仔猪。

不出所料，当晚11点，我接到了警报。1号母猪先是在猪窝里刨地做窝，接着侧身躺倒，然后哼都没怎么哼一声，就产下了一只仔猪。这只小猪可能是你见过最可爱的小生物，全身甚至还包着滑溜溜的胎膜，就像它有朝一日会被做成的香肠那样。

在这之后，就什么动静都没有了。猪最多有16个乳头，也就是说它们一次最多能产16只幼崽。然而，两个小时过去了，它只下了一只。这意味着我得把手伸进母猪产道，看看能不能帮上忙。莉萨却说——我向你保证，她真的说了——我的手太大了，应该换她来。于是，她没戴手套就把手伸了进去，深得没过了手肘，吓得我赶紧绕到了母猪的面前，看她的手指有没有从猪嘴里捅出来。一番检查后，结果令人沮丧。她在里面仔细摸索了很久，可还是一无所获。

于是，我拨打了24小时紧急求助热线，跟兽医报告了情况，他建议我带这只母猪去散散步。

真的假的？我无法想象对一个临盆的妇女说，去医院的花园里走一走可能有助于把孩子快点生下来。但我是个男人，在生产这件事上，我只能听别人的。于是，我把它扶了起来。好家伙，这招真管用！

到次日凌晨4点，已有10只小猪成功降生，这下我就有18只猪了，比去屠宰场前还多了3只。还有3只怀孕的母猪待产呢。形势一片大好。于是，尽管天快亮了，但我们还是在回家后开了一两瓶酒，狠狠庆祝了一番。

第二天夜里，我们刚躺上床，警报就又响了。2号母猪在做窝了。我们马上赶到林子里，做好了整晚提心吊胆和给猪做产道检查的准备。然而这一回，母猪在一口气生下3只仔猪后，就没动静了。才3只。这也太少了，于是我们给这头母猪取名为“扫兴包”。

另外，我们现在也给1号母猪取了个名字——“笨笨”，因为在产仔的第一晚，它一屁股坐在了自己的两只仔猪上，把仔猪压死了。后来它又压死了两只。这件事令我既生气又难过，还让我损失惨重。

不过，1号母猪这次的表现至少比它几个月前那次产仔要好。当时，它因为压死了自己的新生幼崽而感到很难堪，于是把死掉的仔猪吃了，企图隐藏证据。它可能觉得自己这个办法很高明，但还是棋差一着，不知道放在它猪窝角落里的那个小黑盒子其实是一台摄像机……

剩下的两只待产母猪都生产过，有丰富的经验。它们生产起来会更容易，也不会把仔猪弄死，这意味着我们终于可以撒手不管，好好睡个整觉了。

现实和我们预想的差不多。一只母猪下了10只仔猪，然后踩死了其中一只；另一只母猪则似乎生病了，不吃不喝，奶水也很少。天晓得这是怎么回事。我只知道，截至目前，先后有28只仔猪出生，8只仔猪死亡，死亡数超过了出生数的四分之一，这个损耗率太恐怖了。

此外，还有一个问题：我要怎么处理这些死猪呢？我对垃圾收运一窍不通，但我敢肯定，那些凶神恶煞的垃圾工们不会收8只被压扁的仔猪。因此，我不能就这么把死猪扔进垃圾箱。

我的狗在一旁眼巴巴地望着我，但这些猪是我新的收入来源，我不想让狗狗们尝到猪肉的味道，以防哪天它们在仔猪被踩死之前就下嘴了。另外，法律禁止我将死猪埋进地里，以防污染地下水。法律还禁止我把尸体就这么扔在地里，让红鸢和欧亚鵟吃掉。不过，即便法律允许，我也做不到：自上一波禽流感暴发以来，附近所有的猛禽都消失了。

于是，我向政府专设的猪猪警察求助。他们絮絮叨叨地告知我需要办理相关手续才能处理死猪——还不如把我抓起来呢——然后说我可以把死猪送到养殖场喂蛆。呵，别想了，这事打死我也不干。他们还说我可以把死猪送给当地的猎狐队。

我选择了这个选项，因为我挺喜欢它背后蕴含的生命轮回。我养猪，死掉的猪拿来喂动物，而这些动物又可以拿来猎狐，减少农场里狐狸的数量，从而保护我的猪。这就是乡村的平衡之道。只不过，自打托尼·布莱尔[1]下令禁止猎狐以来，乡村的平衡就被打破了。这也就

---

1 托尼·布莱尔（Tony Blair），英国政治家、第51任首相。2004年，时任首相的布莱尔发布了猎狐禁令。

是为什么，现在有一大群狐狸正拿着刀叉，围着我的猪圈打转。

我不知道该拿这些狐狸怎么办。不过，其实我是知道的，而且这个解决办法也非常有我“大猩猩”的风范。然而，我们生活在一个奇怪的时代，所以我是不会说出来的。

女士花园

干农活经常要跳来跳去。你一天到晚都在从大门、拖车和草垛上往下跳。如果你14岁，那这些都不在话下。但和如今英国几乎所有的农民一样，我已经60岁出头了，我的膝盖也到了花甲之年。也就是说，我虽然能爬上一个地方，但不能再从上面跳下来了，否则我怕把我的腿给摔折，六个月都好不了。

同样的窘迫还发生在我有东西掉了的时候。过去我只要一弯腰，就能轻松把东西捡起来，但我的腰已经没有那么灵活了。所以，现在当我掉了什么东西时，我得纠结很长时间，思考这东西是否值得我弯腰去捡，开车去商店里再买一个会不会更容易。

除了只会每况愈下的身体，我还遇到了财务问题，而它也会每况愈下。因为之前欧盟补偿我亏本出售农产品的补贴，正在逐步减少；而三年后，这些补贴会被完全取消。

总之，眼下是多事之秋，我又能怎么办呢？干农活伤腰伤膝盖，种庄稼还会亏钱。我愁得一连失眠了好几天。

但近日，一篇报道让我精神大振。这篇报道讲述了一个叫蕾切尔·埃尔纳的前《龙穴》[1]节目投资人，在买下峰区[2]的一大片地皮后，把它变成了一个嬉皮士爱去的那种自然保护区，人们可以在那里探索自己的脉轮[3]。这一招可真是聪明，因为这正是那种你能凭此拿到补贴的项目。搞农业已经成了生态保护的大忌。显然，农业生产会给高层大气带来种种问题。但是，邀请一群染粉色头发的人围坐在树林里编雏菊项链会怎样呢？政府就喜欢这种活动，因为它不会影响政府的净零碳排放目标。

我的兴趣已经被这位女士的点子勾起来了，于是我做了更多的调查，发现她组织的这个活动是在一片树林里进行的。她称那片树林为“不可思议的大地阴道”，还说它是反疫苗人士的圣地。还记得那帮反疫苗人士吗？她肯

1 《龙穴》，一档商业投资真人秀节目，起源于日本。英国版《龙穴》由英国广播公司制作，蕾切尔·埃尔纳（Rachel Elnaugh）在前两季节目中担任评委。

2 峰区，英国中部和北部的高地，大部分区域被划为峰区国家公园。

3 脉轮（梵语chakra），古印度哲学中的一个概念，指分布于人体各部位的能量中枢，它们主宰人体的身心运作，会和周围环境交换能量。较主流的说法是人体有七个脉轮，分布在从尾骨到头顶的身体中轴线上。脉轮理论随瑜伽的传播而逐渐在现代为西方人所熟知。

定没忘。她说整个疫情就是瑞士研发的一种“大型生化武器”，并扬言儿童接种疫苗的英国首席医疗官克里斯·惠蒂“会被绞死”。

她的投资人显然也有同样的想法，因为他们凑出了100万英镑，来帮她建停车场和大帐篷。树林里还会举行一些其他与地球磁场和致幻蘑菇有关的活动，她称这些神秘活动可以帮人打开第三只眼。

总之，这就是那种能让你“活在当下”的地方。我向来做不到“活在当下”，因为如果你只关注当下，就不会去想自己晚饭要吃什么。于是，当你结束冥想，从“当下”抽离时，你会发现你的冰箱空空如也。

但不管怎么说，我还是很喜欢这个主意，她显然想出了一个绝妙的办法，来坑国内基思和坎迪丝-玛丽[1]之流的钱，我也在考虑要不要在不足道农场里开展类似的项目。我可以让农场树林里挤满肥妞和胡须男，任由他们用树枝

1　基思和坎迪丝-玛丽，英国广播公司独立单元剧《今日剧》第6季第12集《五月迷狂》的主人公。本集讲述了这一对热爱自然、追求天然饮食、自以为是的情侣到一片露营地度假，打算远离喧嚣，欣赏自然美景，却被一个在附近扎营的小伙子搅了清净，双方因生活方式和价值观不同产生了冲突。

搭五边形，围着红杉光着身子跳舞。

可你猜怎么着？我做了进一步的调查，发现可怜的埃尔纳女士与峰区国家公园管理局发生了冲突，管理局说她没有获得开发“大地阴道”的规划许可，而且园方对她的“萨满智慧”不感兴趣。所以现在这个可怜的女人不得不从头再来。也许她接下来会开设一个“山羊瑜伽”[1]的项目——莉萨就想在我们农场上搞这个。她还特别想搞一个付费的蜜蜂体验项目，让客人躺在蜂箱上，感受嗡嗡蜂鸣的治愈力量。这可能就是农业未来的发展方向吧。

然而，真会如此吗？如果未来做什么事都要谨小慎微，虚与委蛇，那还做它干什么呢？而什么都不做似乎确实就是目前园艺界的潮流。

心思一向敏锐的电视制作人理查德·威尔逊近期在为《泰晤士报》供稿，他注意到，观众每周发给《园丁世界》节目组的自制视频里，很多都是没有经过任何打理的花园。“快看，我们啥也没干。”热心的投稿人如此说道。

1 山羊瑜伽，近些年流行于欧美的瑜伽形式，以加入与山羊的互动为特色，比如，在做下犬式动作时让山羊站或卧在背上。部分人认为山羊瑜伽能更好地放松身心和提高平衡力。

现在的人搞园艺，出发点不外乎保持心理健康、减缓气候变化和倡导素食主义，而以上种种目的则意味着压根就别搞什么园艺。

这种趋势在近几年的切尔西花展[1]上更为明显。花展上遍布绚烂花朵、秀美水景和壮丽假山的日子已经一去不复返了。现在，参展商们用在杂草堆的废料箱里找到的垃圾来布置花园。我以前很喜欢逛切尔西花展，但如今行走其中，就像走在我家当地的垃圾场里一样。

也许这才是我应该在农场里做的。每周五晚上都有人隔着树篱把不要的冰箱扔进我家地里，我可以在这些旧冰箱上种满苔藓，再用旧轮胎为大自然的传粉者们建造“访客中心”。上周末，有人在我的地里扔了一个车前盖——日产玛驰的，如果你想知道的话——我当时的处理办法是给拖拉机挂上拖车，把车前盖放到拖车里，带回了院子。然而我应该做的是把它留在那儿，直到一大片蓟花丛将其覆盖。后者肯定会对我的膝盖和腰要好一些，我还可能因

1 切尔西花展，全世界最著名、最盛大的园艺博览会之一，由英国皇家园艺协会创办于1862年，最初在英国肯辛顿举办，自1912年起移至伦敦的切尔西举办。

此得到一笔补贴呢。

但我们都要保持理智。没错，放任荆棘和獾占领我的农田，坐看鹿和松鼠吃光我林子里的树木，对我来说很容易。没错，向嬉皮士和神婆开放这片荆棘丛生的土地，任由他们搞什么德鲁伊[1]祭祀，或是把木头煮沸后折弯了做锄头，这也是很简单的事。但我真心觉得，自己有责任把食物端上你们的餐桌。

干农活伤了我的膝盖，今年的开销也高得吓人，即使我还有其他四个收入来源，我也担心会入不敷出。所以，我不能把农场交还给自然，但我也不敢继续扩大经营。这也就是为什么今天早上，在清理了两只死羊羔、一只死山羊和另一批死仔猪之后，我决定选芥菜为覆盖作物[2]，种在地里。这是我最后的机会了，我最后一个把某件事——任何事——办成的机会。可如果还是办不成呢？我连想都不敢想。

1 德鲁伊，凯尔特人的祭司、法官和先知，宣扬灵魂不灭和转世轮回等教义，有和神明及鸟兽对话的能力。现代的德鲁伊教徒部分恢复了历史上德鲁伊教的祭祀仪式和传统，在保护生态、重建森林等事务上特别活跃。

2 覆盖作物，主要的经济作物收获后，种植在地表，起到保护土壤、增加肥力、控制杂草、增强土壤持水能力、提高农田生物多样性等一系列作用的植物。

我无法解释[1]

1　标题出自谁人乐队（The Who）的歌曲《我无法解释》（*I Can't Explain*）。

拿不到规划许可？这事我有经验，而且我现在明白了：无论你想建的是温室、殡仪馆还是核电站，写申请的时候都必须措辞恰当。“可持续的”，这是一个关键词。哪怕你温室的窗框是用贫铀[1]做的，只要你将其描述为“可持续的”，那就无所谓。还有，“心理健康”，这个词也很重要。为了维持心理健康，你需要建一个种满生态友好型植物的可持续阳光房。该项目也将赋能当地建筑业，给低收入“社区”带来“革命性的”改变。

然而，不幸的是，无论你多么深谙现代政府话术，你都会遇到一个爱挑刺的邻居，道高一尺魔高一丈，他会搬出邻避主义[2]那一套来反对你。他会说你新建的温室会导致更严重的“污染”、“交通拥堵”和“噪音”。这三个词

1 贫铀，又名贫化铀、耗乏铀、衰变铀，是铀浓缩加工成核燃料过程中的副产品，具有放射毒性和化学毒性。

2 邻避主义（nimbyism），由“Not in My Backyard”（不得在我家后院）运动衍生而来。邻避主义者强烈反对在自己的住处附近进行任何开发和改造，这个词常被用来讽刺那些希望国家修建垃圾场、核电站等有利于国计民生的工程，但又反对修在自家附近的人。

构成了痴迷萝兰爱思[1]之人的三位一体。如果这招不管用，他们会使出撒手锏：漆黑的夜空。他们会说你新建的温室会造成光污染。此言一出，恐怕你就完蛋了。尤其是，如果还有迹象表明，你这么做可能伤害到了一只蝙蝠。

这一切都让我想到了博福特公爵。最近，他向政府申请在风景如画的巴德明顿庄园举办两场夏日演唱会——如果你感兴趣的话，邀请的是谁人乐队[2]和洛·史都华[3]。我相信他的代理人写申请时所用的措辞必定都是恰当的。

他们在申请书里肯定会淡化一个事实，那就是维持一座豪宅的运转要花很多钱，因此新的收入来源必不可少。而之所以避而不谈，是因为在一个有豪宅就是原罪的国家，这种理由大众是不会买账的。现实就是如此，所以公爵的顾问们得把举办演唱会的商业情况挪到申请书的第12

---

1 萝兰爱思，英国女装和家居品牌，以其浪漫、纤细、感性的印花图案与色彩而闻名，产品主要面向中老年女性。

2 谁人乐队，英国知名摇滚乐队，1962年成立，四名初始成员为主唱罗杰·达尔特雷（Roger Daltrey）、贝斯手约翰·恩特威斯尔（John Entwistle）、鼓手基思·穆恩（Keith Moon）和吉他手彼特·汤曾德（Pete Townshend）。

3 洛·史都华（Rod Stewart），20世纪60年代英国摇滚乐的代表歌手之一。

页，转而详细解释这个可持续、低污染的绿色演唱会如何赋能农村低收入社区，提升该地区蝙蝠的心理健康水平。

但不幸的是，公爵的邻居们不仅精通邻避主义话术，还精通反对的艺术，简直是个中老手。他们首先指出演唱会将加剧该地区的交通拥堵，产生的噪音会在附近村庄中“久久回荡”——可能会导致许多蝙蝠死亡，引发“心理健康问题”。

当然，他们还声称来看演唱会的人会“惹是生非”，尽管这是谁人乐队和洛·史都华的演唱会。到时大多数观众都是60多岁的老人，而当罗杰·达尔特雷唱道“孩子们都很好”时，他们会转头和邻座说：“孩子们过得确实很好。亨利现在是商品经纪人了，哈丽雅特在弗洛伊德公司也干得不错。”接着，演出结束后，他们会乖乖开着自己的特斯拉，回到斯坦顿圣昆廷[1]，谁人乐队的鼓手基思·穆恩也不会去当地旅馆炸厕所玩儿，[2]因为他早在45年前就去

---

1 斯坦顿圣昆廷，英国威尔特郡一个历史悠久的小村庄。

2 基思·穆恩在职业生涯中曾多次因破坏性行为而引发舆论关注，他曾在舞台上摔坏过工具包，在巡演时毁坏过旅馆房间，还喜欢用炸药炸厕所和弄坏电视机。

世了。

这帮红裤子害怕地方议会会渐渐意识到，观众把车开进最近的泳池这种事可能性极低，于是他们加大火力，掏出“可持续的”重机枪持续输出。犯罪。骚乱。妨碍治安。消防急救。道路安全。潘多拉魔盒打开了。这些都是英国保守派中产阶级的惯用伎俩，他们要是不罢休的话，可能真的会得逞。

但后来，他们得意忘形，开始出洋相了。他们声称：“颁布11到12个小时的饮酒许可，就意味着会有醉鬼露营过夜……增加了发生重大火灾的可能性。”

哦，我明白了。所以这位65岁高龄的老酒鬼因为看热气球和喝葡萄酒而嗨翻了，搭起了一顶他偷带进场地的帐篷，然后再从帐篷里的柳条筐中拿些引火物，点起了一堆篝火。尽管英国的夏天逢演唱会必下雨，但这堆篝火不知为何，演变成了一场澳大利亚式森林大火，冲天的火焰吞噬了附近的三个村庄，破坏了数英里漆黑的夜空。

这是我听过最荒谬的论据。的确有露天演出发生过火灾——那次是舞台灯光故障引起的，起火后也很快就被众人用脚踩灭，用毯子扑灭了，没有造成任何伤亡，布鲁诺·马尔斯[1]也在八分钟后重返舞台。因此，露天演出会引发火灾的观点站不住脚。

告诉大家一个好消息，公爵所在地区的当局认清了这些胡说八道，并批准了演出。在你来信问“如果你的邻居邀请谁人乐队在他的花园演出，你会怎么想？”之前，我先回答你：“我会非常欢迎。要是他们搞一些激光秀并演唱《巴巴·欧莱礼》[2]就更好了。”

然而，恐怕事情到这儿还没完，因为现在最常挂在这帮“事儿精”嘴边的不是“可持续的”，而是“交通拥堵”；不是“赋能”，而是“光污染”。他们会变本加厉，不断反对各种开发项目，誓要让英国维持1957年时的样子。

首相苏纳克近日宣布，将鼓励各地规划部门多给农村的开发建设项目开绿灯，但他们会遇上一支声势浩大的反对军。这些反对者很快就会意识到，以火灾为由反对建设是个死胡同。那时，他们会转而宣称，为低收入社区兴建的新住宅区会导致发光蝗虫泛滥成灾，进而破坏漆黑的夜

1 布鲁诺·马尔斯（Bruno Mars），美国男歌手、词曲作者、唱片制作人。
2 《巴巴·欧莱礼》（*Baba O'Riley*），谁人乐队的代表作之一，收录在1971年的专辑《谁是下一个》（*Who's Next*）中。

空，又或这些住宅区会吸引感染了埃博拉病毒的移民。他们还会说，你朝思暮想要改建谷仓，实际上是要建一个俄罗斯导弹发射井，好把整个奇平索德伯里[1]变成一片在未来的一万年间寸草不生的核荒漠。

1 奇平索德伯里，英国南格洛斯特郡的一个城镇。

夏

那就让他们喝汤吧[1]

1　标题源自一句法语："那就让他们吃蛋糕吧！"（Qu'ils mangent de la brioche!）这句话原出自卢梭的《忏悔录》，书中曾提到一位尊贵的公主，她在得知农民没有面包吃后回答道："那就让他们吃蛋糕吧！"后人认为这位公主的原型是法国国王路易十六的王后，即素有骄奢淫逸之名的玛丽·安托瓦内特。

多年前，有人告诉我，农业生产中只有一条铁律：电围栏永远是通着电的。然而，还有另一条定律：凡是你希望发生的事，都不会发生。而今年，情况比以往还要糟糕。化肥价格还是居高不下，小麦价格却直线下跌，异常天气持续不断，而现在斯塔默爵士[1]——我们希望下一任首相不是他，这就意味着肯定是他——也站出来了，说他打算收回所有农田，把它们变成“可持续、低价的绿色住宅区，提供给低收入社区中辛勤工作的家庭”。

但出于两个原因，我对此完全不担心。第一，我下载了一个新软件，叫“灰背隼”（Merlin），作用是识别鸟叫声。于是，最近我每天早上4点就起床，在拂晓时分的鸟类大合唱中，用这个软件认识那些看不见的演唱者。

这太不可思议了。一阵嘈杂的叽叽喳喳声传来，这个软件就能立刻告诉你，这里面有乌鸫、苍头燕雀、金翅雀、鹪鹩、家麻雀和林岩鹨的声音，还混杂了几只斑尾林鸽的

1　此处指基尔·斯塔默（Keir Starmer），2020年英国工党大选中当选的党首。

叫声。

新到的报纸带来了更多对农民不利的消息，但这个时候，我正在花园里举着手机念叨：“它识别出了一只金黄鹂。金黄鹂没事飞到牛津郡干什么？”后来，卡莱布找到我，说他原本想去给庄稼喷洒农药，果不其然，定律应验：外边风太大了，他去不了了。但我没在听他说话，因为我的手机刚识别出了一只常见的渡鸦，又来了一只白鹡鸰。这些天除了这个，我别的什么也没干，玩得不亦乐乎。

我之所以不担心这些小挫折和斯塔默的言论，还因为我灵机一动，想出了一个新项目——一个无论天气好坏，也无论议会大厦里的蠢货们搞什么幺蛾子，都能给农场带来稳定收入的项目，不像我之前种的小麦、燕麦、油菜、大麦、蓝蓟和我养的猪、牛、绵羊、山羊那样只会让我入不敷出。我要推出一道汤——荨麻汤。

不同于农作物大家族中的其他植物，荨麻无须栽种、施肥或是任何方式的照料。就算你啥也不做，荨麻也会生根，繁殖，茁壮成长。所以说，荨麻是完全不花钱的——而且还很美味。

这道汤是一名在不足道农场商店工作的年轻赛车手研

发的，配方保密。在过去几周里，我不断把新研发的汤拿给客人们品尝，他们都给出了一样的评价："太好喝了，而且它尝起来真的有荨麻的味道。"我一脑门子问号，他们怎么知道荨麻是什么味道？我唯一见过的吃过荨麻的人是克里斯·帕卡姆，所以，他有资格光靠嘴巴尝就识别出荨麻。但如果其他人说一种汤尝起来有荨麻味，那就等于在说："嗯，尝起来像电池酸液。"

客人们的正面评价让我信心大增，于是我制订了一份商业计划，并为500毫升一份的冷藏即食汤算出了售价——5.8英镑。我不知道为什么会这么高，毕竟除了奶油、土豆、鸡汤和黄油，汤里的主要食材没花我一分钱。我真搞不懂那些超市是怎么做到每份即食汤售价不到2英镑的——他们汤里的食材可是要花钱种的啊。

有些人说，没人会花5.8英镑买一把荨麻放进嘴里，但我觉得会有人愿意的。于是，我决定着手实施我的计划。也就是说，我要暂时放下我的识鸟软件，想出收割荨麻的办法。

一开始，我请出了我的亨利牌吸尘器。它在采黑莓的时候派上了大用场，但这次却弄得一团糟。所以，我不得不再次放下手中的识鸟软件，重新想个法子。很快，我想到了可以用采茶的机器来收割荨麻。

我尝试的第一种采茶机在使用时要挂在肩膀上，就像西格妮·韦弗在电影《异形》中拿的那把巨枪一样。它采收起荨麻来又快又好。仅用了三分钟，我就采集到了一大杯顶梢处最嫩的叶片，但恐怕我不能继续了，因为我的后腰疼痛难忍。所以，我换了一个大得多的采茶机，它下方装有一个树篱修剪器，使用时像推医院担架一样把采茶机推过荨麻丛，修剪器就能顺势割下荨麻叶。它还装有一个鼓风机，能把割下来的叶片吹进一个大袋子里。

第二种采茶机一点都不伤腰，干脆利落地把所有顶上的嫩叶都吸进了袋子里。同样被吸进袋子的，还有不是那么嫩的底部的叶片，草茎，以及你能在森林地面上找到的一切东西。树枝。死老鼠。鹿粪。袋子里什么都有。莉萨认为这样采收上来的荨麻可能会卖不出去。因为就算我能让人花钱买荨麻吃，但要是产品标签上写着“此汤可能含有微量鹿粪”，顾客也肯定会避之不及的。

最后，我不得不同意莉萨的观点，又想了一个采收荨麻的办法——童工加最低工资。这个方法会增加一点成本，蚕食我的利润，但此时此刻，有一大群小孩子正在树林里一边听着他们的所谓音乐，一边兴高采烈地采荨麻。有些孩子甚至还戴了手套。另外，就在刚刚，我的手机识别出了一只云雀的叫声。[1]

那我呢？我就静静地坐在这儿，希望我新推出的荨麻汤能成为农场商店里最畅销的产品。当然了，根据之前提到的定律，这意味着一次惨败。但如果不失败的话，如果我真的想出了一个办法，能把每年夏天在树林里泛滥成灾的荨麻变现，那卖汤创收一事就会一发不可收拾，因为我的农场里还有豆瓣菜、野蒜、小龙虾和蘑菇。所有这些食材都可以拿来做汤。我将成为下一个巴克斯特[2]。

我的地里还有很多鹿。我不确定能不能用它们来做汤，但肯定能宰了卖肉，既免费又健康的鹿肉——还是放养的鹿呢。我知道吃鹿肉在苏格兰的王公贵族间很流行，

1 英国文化中，云雀常与幸福、自由、创造力、好运等正面意义联系在一起。

2 此处指乔治·巴克斯特（George Baxter），英国巴克斯特食品公司的创始人。该公司生产各类罐头食品、调料和加工肉制品，产品销往全球。

但普通人能被说服去吃斑比[1]吗？就算他们愿意，我会愿意带枪出去猎一头鹿回来吗？

我不确定，但我能确定的是：今年，我们在这500英亩土地上开着拖拉机、条播机等农用设备辛辛苦苦工作了一年，到头来盈利的可能性微乎其微。而我们根本没耕种的另外500英亩土地却很可能是一座金矿。

我甚至想过利用我们地里水流最湍急的那条小溪来发电，从而用清洁且免费的电能给那些永远通电的电围栏永远供电。但这个方案没有成功，因为它被英国环境署否决了。我也不知道为什么。可能是因为当时的我希望他们能批准吧。

1　斑比，迪士尼动画电影《小鹿斑比》中的主角，它聪明、善良、可爱的形象在全球俘获了无数观众。欧美文化中有时直接以斑比指代小鹿。

山羊颂

上周有个朋友来电，说他看了我的农场节目，现在想在位于威尔特郡的自家度假别墅外的围场里养几只绵羊。听罢，我回复道："好吧，显然你没有看我的农场节目，否则你是不会想着在度假别墅的围场里养绵羊的。"

当然了，我知道他为何想养绵羊。他有一座带花园的别墅，每个周末他都会穿上三文鱼色的裤子，拿着一把精美的修枝剪，在花园里走来走去。他心想，要是能有羊叫声伴着入眠，这种田园牧歌式的生活岂不是锦上添花？

哈！首先，我们得假设他不会自己把绵羊给吃了，或者送去屠宰后卖羊肉，也就是说，他打算把绵羊当宠物养。这种想法很愚蠢，因为绵羊不像狗，不会趴在壁炉旁，用满是崇拜和爱的眼神望着你；它们也不像猫，不会在餐桌上趾高气昂地来回巡视，尾巴像汽车天线一样翘得高高的，好让你看清楚它们的屁屁；它们还不像马，你不能骑着到处走。

正如我前文所言，绵羊一生只有一个愿望，那就是结束自己的一生。它们整天都在地里搜寻最不寻常且最恶心人的方法来实现这个愿望，如果一时没有找到合适的办法，它们就干脆站在那儿，自行腐烂。或者它们会逃到最近的主路上，这样就能体验被一辆半挂车撞成肉泥的极乐。

如果你养绵羊是为了赚钱，那忍受这些麻烦也还勉强算值得，但如果你只是想通过养些动物来给生活增添一丝田园风情，那养啥都比养绵羊强。我宁愿养一只咸水鳄。

“那养猪呢？”他又问。这个主意就好很多。猪特别好养，而且如果你像我一样，选一个牛津桑迪布莱克猪这样的稀有品种，你还能为保护国家遗产做贡献。另外，如果给它们配种，你就能得到很多仔猪，世界上再没有比仔猪更可爱的生物了。

但猪也有缺点。猪有很多乳头，通常多达14个。这意味着它们会产下很多幼崽。假设你一开始养了5只猪，没过多久，它们就会繁殖到100多只。到时候你该怎么办？再去买块地？拿出苹果酱准备来顿猪排？

不仅如此，猪的破坏能力也是最强的。大约一周后，你美丽的围场就会像顿巴斯[1]一样疮痍满目。还有刺鼻的

1 顿巴斯，位于乌克兰东部，在俄乌冲突开始后成为战区。

臭气，教区议会很快就会被熏得提笔给你写信，请你滚回伦敦。

相比之下，牛没有那么多产，也就是说你不用担心存栏量暴增。牛也不喜欢自杀或逃跑，还能帮你除草。但是吧，我也说不好。牛体形巨大，因此价格昂贵。一只羊的售价在125英镑左右，一只猪大概是60英镑，但一头像样的牛少说也要1 500英镑。而且我觉得它们庞大的体形挺吓人的。

大多数时候，牛都不会搭理你，但有些日子，它们就像喝了伏特加和红牛一样，上蹿下跳，逢人便踹。和足足四吨重，像跳跳虎一样活蹦乱跳的肌肉巨兽待在一起，真的会让人心惊胆战。真心建议，最好还是把它们交给专业人士。

从表面上看，养驴要合理得多。你可以去救助中心领养几只回来，每天喂它们吃胡萝卜和苹果。你不会想要骑着它们到处跑，你的孩子也会很喜欢。它们可以成为那种养在室外，不用你操什么心、费什么事的宠物。但我要给你打一针预防针。我养过驴，从中我得到的惨痛教训是：人们口中的"'驴'年马月"，实际指的是"八年"。因此，它们刚成为家里的一分子，就走到了生命的尽头。

如今我喜欢上了山羊。我刚以每只10英镑的价格买了30只，养到现在，一切顺利。它们不是那种可爱的侏儒山羊，也不是什么稀有品种，它们的毛皮不能用来制作莉萨去赛马时穿的外套。它们只是我买来清除荆棘用的普通公山羊。

开心查理告诫我说，山羊都是神经病，而他不是唯一一个这么想的人。不知为何，我的狗很害怕这些山羊，而我也是敬而远之，因为它们经常拿脑袋撞我的胯下。不仅如此，在神秘学中，撒旦经常被描绘成一个长着山羊头的恶魔。根据《圣经》爱好者们的说法，这是因为上帝创造了世界上所有的生物，轮到撒旦时，只剩下一个物种——山羊。后来上帝又派群狼把山羊撕成了碎片，此举惹恼了撒旦。于是，出于某种原因，他挖掉所有山羊的眼睛，给它们换上了自己的双眼。这也就是为什么，山羊的瞳孔是长方形的。

事实上，它们长着长方形的瞳孔是为了有更广阔的视野和更好的夜视能力。而它们之所以需要很好的夜视能力，是因为夜里正是它们谋划出逃的时候。山羊不像绵羊。绵羊逃跑是为了被16升排量的斯堪尼亚[1]S系列重型卡车撞得粉身碎骨，把自己的鲜血洒满进气格栅。山羊逃跑则是为了把旁边地里长的所有东西都吃掉。

说到逃跑，我们现在讨论的这种动物能让迪基·爱登堡和戈登·杰克逊[2]自惭形愧。山羊会把油桶和食槽往围栏边上推，搭起一个起跳台。它们会挖地道，还会架鞍马。如果你在地里留下称手的工具，它们能造一架滑翔机出来，然后驾着飞机，逃之夭夭。

但我家的山羊不会逃跑。为了让它们老实待着，我装了两道电围栏。第一道围栏只会造成轻微的触电感。如果它们还执意要闯，那么第二道围栏就会让它们尝到《绿里奇迹》[3]里电刑椅的滋味。关进围栏的第一天，它们就被电得鼻青脸肿。我很想说这并不好笑——但事实上真的很好

1 斯堪尼亚，重型卡车及巴士制造商。

2 迪基·爱登堡是理查德·爱登堡（Richard Attenborough）的别名，他是英国资深演员、导演及监制，曾两次获得奥斯卡奖。戈登·杰克逊（Gordon Jackson）是英国演员。二人都参演了1963年上映的战争电影《大逃亡》，影片讲述了一队美国陆军航空军及英国皇家空军战俘从德军在波兰的战俘营逃走的故事。

3 《绿里奇迹》，改编自斯蒂芬·金同名小说的悬疑电影，讲述了大萧条时期，一群狱警发现新来的黑人囚犯拥有超自然力量的故事。

笑。它们就像我触电时那样，痛到“嗷嗷”直叫。只不过我“嗷”完还会接上一句：“卡莱布，你这个混蛋！你说围栏没通电的。”

尽管如此，这些山羊在短短两天之后，就把一片杂草地变得美观整洁，看起来就像打槌球用的草坪。它们没有逃跑，也没有产生任何臭味。而且，只要你在接近山羊的时候穿个护裆，它们其实还是很好玩的。

那么，以上就是我给想在度假别墅外的围场里养些动物的人士的建议。养山羊吧。它们活泼好动、价格便宜、皮实好养。另外，它们的长方形瞳孔对驱赶牧师有奇效。

OWL'S HOUSE
CARAVAN PARK
DRY STONE WALL
THE PIGS
ME
WASABI
MY DAM
DIDDLY

THE FARM SHOP
SHEEPS
THE WOOD
THE SPRING
JAMES MAY IS A DILDO
THE BEES
THE CHICKENS
SQUAT
THE TROUT POND